家在广州

七十·回望

陈扬 著
林帝浣 绘

广州新华出版发行集团
广州出版社

图书在版编目（CIP）数据

家在广州：七十·回望／陈扬著；林帝浣绘. --广州：广州出版社，2024.4

ISBN 978-7-5462-3741-1

Ⅰ.①家… Ⅱ.①陈… ②林… Ⅲ.①散文集—中国—当代 Ⅳ.①I267

中国国家版本馆CIP数据核字（2024）第063650号

家在广州——七十·回望

Jia Zai Guangzhou——Qishi · Huiwang

策　　划 陈晓丹
统　　筹 杨　斌　高志斌
执　　行 李　云　李碧梅
出版发行 广州出版社
（地址：广州市天河区天润路87号9楼、10楼　邮政编码：510635
网址：www.gzcbs.com.cn）
封面题签 陈　扬
责任编辑 陈洁仪　巫光明
责任校对 薛轲予
营销编辑 麦嘉琪
装帧设计 俞孝军　榕汇设计
印　　刷 广州市岭美文化科技有限公司
（地址：广州市花地大道南海南工商贸易区A幢　邮政编码：510385）
规　　格 880毫米×1230毫米　1/32
印　　张 7.75
字　　数 167千
版　　次 2024年4月第1版
印　　次 2024年4月第1次
印　　数 1—5000册
书　　号 ISBN 978-7-5462-3741-1
定　　价 58.00元

发行专线：（020）38903520　38903521
如发现印装质量问题，影响阅读，请与承印厂联系调换

自序

在过去的三十多年，过千万的外地人陆续进入广州安营扎寨，创业安家，而我却离开了广州，客居他乡。

但我仍觉得自己就住在广州。广州就是我的家，我的屋企。家在广州是不变的情怀。事实上，我的居地离广州不是很远，只是出了广州地界一点点，就在顺德。广州同南（海）番（禺）顺（德）从来都是一体的，从来都是一家人。

我是1991年被广东电台派驻佛山记者站的。其间，每天“返”广州做电台或者电视节目，然后又披星戴月“返”佛山。两头都是“返”。而南番顺的居民去广州，以前都是说“上省城”，并不是省城有多么了不起，只是北上南下的表达习惯而已。

人们把自己的出生地和成长地都当作故乡。广州人通常不讲“故乡”，只讲“乡下”。广州，准确地说，是广州市中心的旧越秀区，正正是我的乡下。在省财政厅北面的一条小巷内的一栋小楼，我度过了童年、少年和青年时光。

我从1996年开始做电台节目，到2004年开始做电视节目，2009年开写报纸专栏，2016年注册公众号写文章，再到后来开网络直播——我的世界变得越来越大。

在2000年前后，我做了一个叫作《心灵地图》的电台节目。那时候，“地球村”是一个热词，很多听众就把这个节目称为“地球村”，并且以“村民”自称，叫我“村长”。这是一件很温馨的事情，有的“村民”甚至因节目而结识，成了亲，并有了第二代。

本来听我节目的该叫听众，看我电视节目的该叫观众，读我报纸文章的该叫读者，看我网文和网络直播的该叫网友，但是一嘴真的叫不过来，“村民”这个称呼真的太好了，解决了这个大难题。

我从2016年开始写公众号文章，到现在不知不觉已经写了1200多篇，很多“村民”叫我结集出一本书，非常感谢广州出版社帮我和“村民”圆了这个梦想。本书一共选录了55篇文章，每篇文章标题右侧标示的撰写日期就是那段不知不觉的时光的记录。但基于主题、前后文配合等因素，文章没有按写作时间编排，请“村民”明鉴。

特别感谢小林老师！他的漫画让书稿生辉。

人生兜兜转转，其实是走不出多远的。我出生在流花湖畔的陆军医院，读书在越秀山下的十七中，工作在流花湖畔的广东电台，后来又在广州电视台做了五年的电视节目。以上地点，任何两点间的直线距离，都不超过一公里。家在广州，心在广州，写的自然就是广州了。但是由于人不长住广州，文章似乎也有种身在山外的味道。也许，这是我和其他广州人写广州的小小不同之处吧。

这是广州的故事，也有我的故事，还有我们的故事，纸短情长。家在广州，自己总被一团温暖的空气萦绕着。

陈扬 12.3.

目录

壹 似水流年

贰

赏心乐事

叁

良时叹茶

生活百般苦
仍有荔枝甜
这里是广州

林小漫画

壹

似水流年

回家的感觉真好

04.07
2023

我的家乡在广州老城。北京路、中山五路一带就是我童年、少年、青年时嬉戏的乐园。

今天我回家了，在北京路上转了好几家书店。这真是一种回家的感觉。

北京路，我们小时候叫作永汉路。我想起了《滕王阁序》的第一句，歪改一下：永汉旧街，北京新路。

北京路已经大变样了。在我眼里，变化最厉害的是书店。一条路短短几百米，就有五六家书店，这可谓是城市奇观，应该成为广州的文化骄傲。

大新华书店曾经是我的精神家园。以前，但凡有几个钱，我都会贡献给这里。年轻时，我经常自嘲，说自己是帮新华书店打工的。从农村回到广州城里，最爱逛的就是这里；在农村的日子里，尤其是停电的漫漫长夜，最思念的也是这里。

记得二十世纪七十年代的某年某月，外国文学作品突然就解禁了。我花光了一个月的工资抱回了一堆书，然后在农村吃了一个月的油盐饭，即“春白灰”。菜钱变成了书，书就是最好的精神食粮。没有肉菜好闲（粤语，意为事属等闲）*，熬一下就过去了。但没有书的日子，一天都过不下去。

以前，新华书店里卖书买书隔着长长的柜台，读者打雀咁眼（粤语，意为目不转睛）相中某本书，就说：“唔该攞嗰本书来睇下。”现在早已开架卖书了。以前，还有很多学生在书店“打书钉”，就是坐在地上看书。我也曾经是“打书钉”的爱好者，但现在不用坐在地上或者楼梯上了。现在的大新华书店三楼有个非常舒服的地方看书，应该不是“打书钉”了，叫什么呢？大家去体验一下，再给“打书钉”起个新名字。

哦，对了，那里还有一个明亮的咖啡角，可以一边看书，一边喝咖啡，或者在这里写写东西，太舒服了。大新华书店现在也有电梯了，腿脚不好的老人家和推着婴儿车的父母，上楼方便了。

最让我感到不可思议的是，大新华书店里还有书房可以按钟点出租。现实生活中，没有几个人可以拥有如此典雅的书房，在这里拥有几个小时，当然是雅事，也是乐事。约上三五知己去聊聊天，何乐而不为？当然，如果你真的想拥有一间这样有档次的书房，大新华书店乐意为你效劳。

对于读书人来说，大新华书店现在更有家的感觉了。这里的店员绝大多数会讲广州话，当然也会讲普通话。作为书虫的

---

* 粤语注释为编者注。

我，有宾至如归的感觉，不，准确地说，就是回家的感觉。因为我不是宾客。这里可以成为书虫的家。

大新华书店旁边就是儿童书店。这家书店很得小朋友的心，是小朋友的阅读乐园——真正的乐园，而不是令人生厌的课堂。它五彩缤纷，还设有家长与小朋友谈心的小小角落。

可惜外文书店没有了。以前我很喜欢在那里流连。我的很多英文原版小说都是在那里买的。在那里买的书还在，但是书店却没有了。

这是一件令人悲伤的事情。

古籍书店，记得原本在大新华书店附近，现在搬到科技书店附近了。进去一看，大开眼界：有博物馆的感觉，有藏书馆的感觉，也有工艺馆的感觉。有价格相宜的摆件，也有贵价的古董。对于普罗大众，古籍常会给人以拒人千里之外的错觉，其实是因为自己不懂。但是，现在的古籍书店给人一种来自传统文化的温暖感，当然也有十足的人情味。您进去逛逛，如果眼睛够尖，可以找找那几件小小的明代木雕。它们精巧之至，令人叹为观止。至于线装书，那是必须有的，可惜我不懂，但是光看外表，就震撼了我。

在古籍书店，我还偶遇了两位“村民”店员，其中一位“村民”还打开手机，找到我的公众号“扣舷独啸”，以证明自己所言不虚。于是，我们愉快地合影留念。

相信科技书店是很多广州男人流连之所。我由于没有什么科技细胞，所以青年时期逛科技书店比较少，只是在二十世纪九十年代踏入中坑（粤语，意为中年男人）岁月后，逛得比较频繁，因为要买电脑书——我的每一本电脑书几乎都是在科技书店买的。现在的科技书店也今非昔比了，除了科技书籍，各种文化产品也是琳琅满目。唯一不变的是记忆中的那个楼梯，和抬头可望的二三楼的栏杆。在我心目中，这也是“雕栏玉砌应犹在”了。

信步走到北京路尾望得见省财政厅的地方，发现一间好有创意的书店，或者说，书店不是纯粹的书店，茶吧不是纯粹的茶吧。这家店，您一定要走进去，越深入越精彩。这店的小老板，对于古董有研究，对满洲窗、趟栊门、古典家具甚至饮饮食食的了解，更如行家。如果您好彩遇见他，一定要拉着他聊天，一定会有收获。我说他是小老板，是因为他太年轻了。我没有想到他年纪轻轻就对传统文化钻得这么深。

如果您对什么古典啊，文化啊都没有兴趣，只对于三五知己倾偈（粤语，意为聊天）饮茶有兴趣，这里也是一个很好的选择。聚脚（粤语，意为供短暂停留歇息闲聊的地方），有品味，这场景在入门处看不到，只有深入才有机会感受。俗话说，禾秆冚珍珠（粤语，意为稻草盖珍珠）。这店是一个范例。不会又说我卖广告了吧？

众所周知，现在实体书店是越做越难了。但是北京路上那五家书店迎难而上，华丽变身，守正创新。他们让我看到了广州在新时代中不折不挠的文化精神。这五间书店给我一个最深刻的印象，是他们千方百计地让书籍走近市民，让书店成为广州人精神的家园，而不仅仅是买书的商店。

北京路上的书店，我已经有十几二十年没有逛过了。今天一次过足逛书店的瘾，回家的感觉真好！

除了书店，北京路上还设有一个广州清代城坊示意图，这真是好。这个示意图戳穿了一个流传的谎言：广州文化发源于西关。西关曾在城外。一个有两千多年历史的古城，文化怎么会发源于城外的郊野之地呢？

这并非题外之话。读懂广州不易，光是听凭坊间传说，很容易误入歧途。连自己的城、自己的家都被笼罩在流言之中，这真是悲剧中的悲剧。

回家的路应该是阳光普照的路，就如我今天所走的路。回家的感觉真好！

回一趟家乡
告诉篱笆我的过往

我们是谁？
寻找我们所来自的那块石头

08.16
2016

这里说的“我们”是指我的同龄人，而不是指生活态度或者观点一致的人。我出生于二十世纪五十年代中期，至今已经一个花甲。孙悟空来自他所诞生的那块石头，我们也来自我们所属的那块石头。我们本来就在那块石头里面，岁月把我们雕塑成现在的样子。雕塑就是去掉多余的石头。翡翠是石头，花岗岩也是石头，哪一个部分是多余的被去掉？哪一个部分是必须存在的决不能去掉？有没有上天忘记去掉的部分？其实“我们”和我们还是不一样。这个复数也许用错了，但为了讲述方便就先用着吧。

我上小学之前的童年记忆已经模糊了，出生四十九天后就被送进了母亲单位的托婴所，一直享受着无微不至的照顾。奶奶说她要到托婴所看望我也必须换上白大褂。到了省一幼，我可以记得住的就是睡在四边有围栏的小床上，每天晚上，老师都会把被子的四个角绑在围栏上。我们按时起床，按时吃饭，按时活动，很是军事化。无论做什么事情，我们都必须按照规矩来。星期天回家，要按照幼儿园开出的食谱吃饭，因此我和家人虽然围坐一张桌子，但吃的东西是不一样的。

我是1961年上的小学。我家就在小学的隔壁。当时入学要考试，其实就是面试谈话；也会放榜，被小学录取的新生按面试成绩排序，名字写在大红纸上，张贴在学校的门口。放榜那天，我爷爷好高兴，逢人就说："我家阿扬考了头名！"我就这样上了小学。我家不是在机关大院，而是在越秀区老城里一条短短的小巷里头的机关宿舍——一栋小楼住了十户左右的人家。街坊有机关干部，也有华侨家属，还有普通老百姓。记得我上学的第一天，同学仔绝大多数背的是布书包，还有打赤脚的。而我"鹤立鸡群"：书包是皮的，脚下还穿着皮鞋。我回家大闹一场，说我也要打赤脚，也要布书包，结果被臭骂了一通。

我是从小学一年级才开始认字和学算术的。那会儿唱的歌，现在的小学生还在唱。比如说《小白船》啊，《快乐的节日》啊，等等。《我们是共产主义接班人》现在是少先队的队歌了，我们那时的队歌是郭沫若作词、马思聪作曲的《中国少年先锋队队歌》："我们新中国的儿童，我们新少年的先锋……"每逢国庆节和儿童节等节日，我们都要穿上白上衣、蓝长裤和白鞋，戴着鲜艳的红领巾去参加各种活动，这是小朋友盛大的节日。记得广州的小孩还编了个顺口溜："白衫蓝裤，正牌老顽固。"哈哈，谁要当着老师的面这样说，那就不知道惩罚会是什么了。那时候的孩子都被分成"积极"和"落后"两大类。

我属于积极里头的落后，落后里头的积极吧。一直都是这样。

小学五年级的下学期，我们平静的生活戛然而止——“文革”开始了。我家也被波及。

为了避免出事，我被送到东莞麻涌我舅舅处寄居。过了一段时间我回来了，父母亲却都要到干校去了。记得好像是按照每月每个孩子十二元的标准，父亲所在单位给我们兄妹三人发放了生活费，每天安排三餐，临睡前一定要检查门窗锁好没有。因为是长兄，我十二岁就当上了家长。我的童年就这样突然地被提早结束了。

不用上学，父母又不在家，每天我的生活除了做饭、吃饭、找小伙伴玩，就是看书了。家里头被抄后还留下了不少书，以现当代的作品居多，而古代作品都给抄走了。《静静的顿河》《红旗谱》《太阳照在桑干河上》《古丽雅的道路》和高尔基著名的自传体三部曲小说《童年》《在人间》《我的大学》，就是在这个时期看的。不光是小说，我连《联共（布）党史简明教程》这样的书都啃。自己家的书看完了，就与同学仔交换着看。正是因为没得上学，我的阅读兴趣反而更加强烈，直到现在，只要是文字，我就有兴趣读下去，包括说明书。

小学时代，我的人际关系比较简单。世界上有好人、坏人，同学中也有好孩子、坏孩子。我初次去哪个同学家，那个同学的家长必问我父母亲是干什么的。同学初次来我家玩，也必须经过这道程序。双方家长都认可了，才能互相来往，到同学家就像到自己家一样。那会，放学了不许“落街”（粤语，意为到街上）玩，必须马上回家。上学也不许提前太多，五分钟已经算多的了。到了“文革”时期，人际关系就变得复杂了一些。大人被分成不同的“类”，但是孩子们的世界依然单纯，照样一起玩，而且还发生了很多动人的故事。

在我的小学时代，人们的生活状态概括起来就一句话：比较平均，但都很穷。一人一年一丈三尺六的布票，不管高官还是平民都一样。煤票、柴票、肉票、鱼票、蛋票也是人人平等。倒是经济困难时期，干部都带头减少自己的粮食定量，我父亲就把自己一个月30斤大米的定量减少到26斤。那时候平民百姓的月收入36元是个基准数吧，否则怎么会有“做又三六，唔做（不做）也三六”这句流传甚广的名言呢？很少听说谁家父母收入有200元的，能够超过100元已经算高的了。这样看来，所谓的“贫富差距”并不悬殊。那时候也没有什么大老板，真正的有钱人家都是吃“侨汇”的——家里有华侨，靠在国外的家人寄钱回来生活。36元可以买什么呢？如果出去吃，小朋友的早餐如下：白粥2分钱一碗，油炸鬼4分钱一孖，酥皮面包6分钱一个，没有酥皮的茶包5分钱一个。瘦肉粥、鱼片粥1毛3分钱一碗（土豪！）。白粥不用粮票，油炸鬼一孖半两粮票，酥皮包一个1两粮票。大米都是三级米，1斤1毛4分6厘钱。（很多事情我都记不住了，以上事情已经请我的一群老同学帮我核实和补充了。）

我的中学时代开始得很搞笑。学校复课闹“革命”了，一上中学就是初中二年级。那时候也没有初中的概念，班级全部按照连、排编制。记忆中，初中阶段也没有正经上过课，甚至连课室都没有：大树底下，每人一块水泥砖……后来上高中，才有了语文课、数学课之类。好像是高中最后一年才有了些比较正经的课程。记得平行线的例子是高压线，动能、势能的例子是工人用的定滑轮和动滑轮，英语教的是领袖万岁和为人民服务，还有 never forget class struggle（千万不要忘记阶级斗争）。

我们这一代的文艺启蒙来自“革命”。字写得好的、画画得漂亮的，不是抄大字报、画宣传画，就是在学校出墙报。那时候，被人看到在校园里出墙报，是很荣耀的事情，有点像现在上了电视。唱歌唱得好、跳舞跳得好的，都是学校宣传队的，那也是个万众瞩目的地方。字正腔圆能说会道的，会在学校广播站天天直播（我算是一个吧。严格说来我的广播生涯是从十七中广播站开始的）。虽说八亿人看八个样板戏很悲催，但因为只有八个，所以我们这代人居然知道了京剧，且人人都能吼上两嗓子。这在广州是不可思议的。我们还知道了芭蕾舞，知道了交响乐！你要是知道我读中学的时候是怎样一笔一画地抄完了《红色娘子军》第四场的总谱（五线谱）的，你就知道什么叫如饥似渴了。

我们所来自的那块石头是什么？我觉得就是我们的小学时代。我之所以把中学也捎带写上，是因为我的中学时代基本和小学没有太大的区别。这是我们作为个人的文化胚胎的育成期，也是我们作为一个独立的生命个体的人格养成期。成年后，无论是素养还是人格，缺点和优点，都可以在小学这个时期寻找到蛛丝马迹。这个时期是家庭、学校和社会在这个时间线上的总和，并不止于学校。从年龄上说，十二三岁的小孩已经完成了人格胚胎的育成期，开始进入叛逆期了。但因为时代特殊，经历也特殊，我们的叛逆期一般出现得比较晚，有的甚至延迟到二十岁左右。这是很畸形的。

我们这一代人，接受过支离破碎、不成体系的很糟糕的“教育”。二元对立、斗争哲学等等也都深刻地影响了这一代人的一生。西方文化（不是西方生活方式）出现在这一代人的视野当中时，绝大多数人已近中年。而对于其中的许多人而言，相对完整的西方文化则从未在他们的人生中出现过。或者说看过几部西方电影、听过几首英文歌就是他们所了解的全部西方文化（为数不多的能够在1977年、1978年考上大学的除外）。其实，中国传统文化在这代人身上的遗留也是支离破碎的，能抓起毛笔写字、古诗文出口成章的也不多了。这就是我们所属的那块石头。石头的四周是无边的旷野。

我们这一代人年过花甲了。我们的儿女正在陆续成为父母。我们是他们的石头吗？

也许把雕塑定义为去掉多余的石头是不准确的。我们这一代人哪怕一把年纪了，还要为自己不停地做泥稿，既要去掉多余的，还要增加必需的。如果只是去掉多余的，也许连渣都剩不下来了。至少在我身上是这样。

一本不敢打开的书

12.05
2017

二十世纪七十年代离现在已经非常遥远，是一本我不敢打开的书。

对于“90后”来说，那个年代太遥远了，遥远得连看书看报都难以管窥了，更不要说其实他们真的就懒得看一眼。

所有的年代都是下一个年代的孕育者。

很多中年人至今仍旧钟情的八十年代，充满希望和冲突的八十年代，“万类霜天竞自由”的八十年代，正是孕育于七十年代。而七十年代才是真真正正的大时代，风起云涌。

对于我这一代人，七十年代是我们的青春。十八岁之后的青春。因为七十年代有许许多多的不可言说，因此我们的青春到老了也无处寄放。这是不可言说的悲哀。

我们的七十年代是清贫的。一家人一年到头能够吃一只鸡已很了不起。“三转一响”是奢侈品。“三转”是自行车、衣车（粤语，即缝纫机）、风扇，“一响”是收音机（其实时代的淘汰率还不算太高，“三转一响”被彻底淘汰的，目前看来只有衣车）。鱼肉限量供应不说，还要排队。布票是每人一丈三尺六。很多青年人已经不知道一丈是多少了——就是十市尺，做一个被套就没有了。还记得那种把碎布剪成一个个小三角形，然后拼起来做成的五颜六色的床单吗？这是广大劳动妇女对抗一丈三尺六的智慧结晶。

我们的七十年代是廉洁的。没有听说过哪个官员的肉票、粮票、布票会比老百姓多一点点。七十年代最大的腐败是“走后门”，走广东“三宝”——司机、医生、猪肉佬的“后门”：跑长途的司机可以帮忙带农副产品；医生可以开病假单；猪肉佬不用说，可以把好一点的肉或者骨头卖给你。

我们的七十年代是勤劳的。家里的木沙发、餐柜、茶几等，凡是木制的家具都是自己做的，连开方、开板都是自己来，“斗木”是男人最被羡慕的手艺。高中毕业生，不是下乡种地，就是进厂做工。其实，他们没有毕业前，每个学期都要到工厂学工，到农村学农。体力劳动是全体青年的必修课。那时候，参军最光荣，就像现在上北大、清华一样。有些小伙伴，在七十年代末血洒疆场。他们已经无法和我一起回忆遥远的七十年代了。

我们的七十年代是忧国忧民的。中学生、大学生，广大劳动人民，干部，无论在田间、车间，还是在家里、家外，总爱讨论祖国的前途、人类的命运。如果要说在七十年代最牵动人心的话题，那就是：中国向何处去？

我们的七十年代是快乐的。不是因为这个年代有多么美好，而是因为少年和青春是多么美好。哪怕自己的父母被审查、被关进牛栏、被涂黑手、被批斗，孩子们照样天天啃着家里没有被抄走的大部头小说，甚至马列理论书籍，照样在巷子里打闹追逐，照样在学校心不在焉地读书（不用考试）。

突兀地说起七十年代这个话题，只是因为今晚有同学聚会，而我要参加“放肆青春”的策划会不能前去而懑闷；另一个原因是我正在看一本书，题目就是《七十年代》。

有的人，青春还寄放在七十年代的大草原；有的人，青春还寄放在群山中的水泥厂；有的人，青春还寄放在海南岛的橡胶园；有的人，青春还寄放在不愿多回忆一刻的战场；有的人，青春还寄放在诗社画屋；有的人，青春还寄放在四面透风的乡村教室。现在他们都开始老了，有的已经很老了。

与岁月对望时
朋友们都老了

小林漫画

“所有的日子都来吧”

05.04
2019

看到这个题目，读者有的会热血沸腾，有的会茫然，有的会不知道这是怎么回事。

在过去一个时代，这诗句青年再熟悉不过。因为，这是青年的心声，青年的憧憬，青年的梦想，青年走向社会走向生活的冲锋号角。

这属于青年的诗句写就的时候，作者王蒙19岁，新中国4岁，我还没有出生。

青春万岁 序诗

王蒙

所有的日子，所有的日子都来吧，
让我编织你们，用青春的金线，
和幸福的璎珞，编织你们。
有那小船上的歌笑，月下校园的欢舞，

细雨蒙蒙里踏青，初雪的早晨行军，
还有热烈的争论，跃动的、温暖的心……

是转眼过去了的日子，也是充满遐想的日子，
纷纷的心愿迷离，像春天的雨，
我们有时间，有力量，有燃烧的信念，
我们渴望生活，渴望在天上飞。

是单纯的日子，也是多变的日子，
浩大的世界，样样叫我们好惊奇，
从来都兴高采烈，从来不淡漠，
眼泪，欢笑，深思，全是第一次。

所有的日子都去吧，都去吧，
在生活中我快乐地向前，
多沉重的担子我不会发软，
多严峻的战斗我不会丢脸；
有一天，擦完了枪，擦完了机器，擦完了汗，
我想念你们，招呼你们，
并且怀着骄傲，注视你们。

虽然我们都远离了那个年代，但是我们依稀可以感觉到那个年代青年的激情、青年对生活的渴望、青年的力量，还有青

年飞扬的梦想。

那是一个这样的年代：刚刚经历了重大的社会变革，战争的创伤还没有彻底愈合，生活的新绿刚刚萌芽。于是，有了这样的一代青年和这样的一首诗。

今天，我们已经远远地离开了贫穷。今天，我们的富足从超市琳琅满目的商品就可以看到。今天我们虽然并非人人都是富翁，但是已经不用挨饿。但是，今天的青年们渴望生活吗？他们能在生活中快乐地向前吗？他们还有燃烧的信念吗？

我并不是在责怪青年，中年人也一样，老年人也一样。只不过时值五四青年节，这又是一首属于青年的诗，抚今追昔，所以我这样问。

不管什么年代，不管什么年岁，总是有人沉沦，但那总是少数。我只是问，我们的梦想和激情哪里去了？我们对生活还有什么遐想吗？

我们总把最灿烂的笑容留给了手机的镜头。只是一个瞬间。

我们需要希望。

而青年是最需要希望的。希望是铁板一样的生活中的一道透光的裂缝。假如有这样一道光，我们就不再灰暗，不再佛系，不再垂头丧气。

青年已经不是婴儿。没有人会为你准备好一个十全十美的世界迎接你的每一天。

我们自己给自己希望。我说的“我们”，不但特指青年，还有曾经年轻的中年人、老年人。

假如绝大多数的希望都睡着了，我希望还有一个希望醒着——

爱。

谨以这篇匆匆草就的小文，献给各位，献给2019年的五四青年节。

以梦为马

07.07
2021

1981年，那是一个以梦为马的年代。每个青年都有自己的梦想。这些梦想，有的与国家、社会有关，有的与文学、音乐有关，有的与自己的职业有关，比如我的。

我也不时与身边的同龄人谈及梦想这个话题，没有一个人讲到自己的梦想与发达有关、与做人上人有关。不知道是那时的人虚伪或者胆小不敢谈及，还是这些被金钱和物质圈定的梦想根本就没有进入过我们的黑夜？

每遇困顿，人们都会自然而然地想起和谈论二十世纪八十年代。毕竟四十年过去了，那个年代的很多细节我已经淡忘，如果用一个字来概括，我就用“梦”；如果用四个字来概括，我就用“以梦为马”。所有的梦想，都像马一样，驮着年轻的我们，在未来的崇山峻岭中飞奔。

未来已来。现在就是四十年前的未来。

四十年前，我们不会梦想到自己拥有私家车，不会梦想到自己可以来去如风地出国旅游，不会梦想到有洗碗机、干衣机、空气炸锅等。

四十年前，我们以为在梦中策马扬鞭经过的崇山峻岭，都只是风景而已，我们根本无法想象路上的各种艰险。有的关闯过了，可能前面还会有一段一马平川的路；有的关闯不过去，就只好风餐露宿，“一蓑烟雨任平生”。

四十年前的我，以为梦会继续，万万想不到的是，梦居然会像脱缰野马一样，离开了青年。现在的青年还有梦吗？还是与他们的父辈一样，在患得患失或者求之不得的反复折磨中，失去了梦想的能力，只相信宿命的力量呢？

命里有时终须有，命里无时莫强求？

三毛曾说：“成熟不是为了走向复杂，而是为了抵达天真。天真的人，不代表没有见过世界的黑暗，恰恰因为见到过，才知道天真的好。”

二十世纪八十年代的广州留给我的印象，现在只剩下了香飘四季的烧鹅档，烟火腾升的大排档，人流如过江之鲫的卖衫档，灯火通明的图书馆和海珠桥脚珠江岸边的业余大学。

四十年过去了，烧鹅档没有了，大排档没有了，卖衫档也没有了。这些也许可以归咎于国际大都市的建设。但若青年集体热情之火也黯淡了，这才是真切的痛。

八十年代的“为中华之崛起而读书”，是无数青年人的自觉行动；“把……夺去的时间再夺回来”，是无数青年人的志气。那时，青年人那么紧密地将个人的命运与祖国的前途联系在一起，密不可分。这不是口号的力量驱动，而是经历了一场浩劫之后，青年人的集体觉醒。

“无边落木萧萧下，不尽长江滚滚来。”

四十年前，我背上这部采访用的录音机走出电台大门的时候，根本想象不到，六十多岁时，还可以用这部与旧时一模一样的录音机，在家中，在“一个人的电台”同大家一起谈论理想、梦想这样奢侈的话题。

不管走过多少崇山峻岭，不管历经多少艰难险阻，不管我的马是一直驮着我还是别我而去，我都是一个幸福的人。我想起了一句话：“走过了心中的万水千山，从今往后，剩下的那些叠嶂，都是我愿意欣赏的风景。”

每一个小站
至少都有一趟公交车
能让你想去心中的地方

我们唱过的歌

05.06
2021

我们这代人唱过的歌大致可以分成几类。一是中性优美的国产儿童歌曲。比如说《小白船》《让我们荡起双桨》《劳动光荣》等。在数量上，这些歌真正能够流行的不多，十个手指头数得过来。二是《外国名曲二百首》中的歌曲。什么《星星索》《喀秋莎》《莫斯科郊外的晚上》《密西西比河》等。三是我们在二十岁到四十岁的时候唱过的港台流行曲。这类就多如牛毛了，最流行的莫过于《光辉岁月》，不会粤语的人也会唱。到了现在，我们已经基本不会唱新歌了。尤其是现在年轻人唱的流行歌曲，对于我们来说，简直就像听到外星人的歌曲一样。

除了上述这些，革命歌曲——现在叫作红歌，占据了我们少年时代和青年时代唱过的歌的霸主地位。用现在的话来说，叫主流地位。

迎着晨风，迎着阳光，跨山过水到边疆……

多么豪迈的歌声！现在还有当年的老知青穿上当年的服装，背着道具军书包，高举着纸糊的锄头在舞台上唱。

听到这样的歌，看到这样的歌舞，我想起了南方大厦码头，想起了洲头咀码头，想起了离别的眼泪，也想起了我们十七中一进大门左手边那座小楼——那是给不愿意去海南岛的“落后分子”办学习班的地方。

写到这里，我默默地抽泣了几分钟才有力气继续写下去。虽然我的亲人没有一个去海南岛，但是去了的都是我的大哥哥大姐姐。

新歌不会唱，与自己的青春相伴的老歌又挥之不去，所以老人家就爱唱革命歌曲了。这个好理解，因为我自己也是老人家啊。我也时不时地哼哼两句。

时光就像流水，“逝者如斯”。船都开走了，“唯见长江天际流”。但是水里的那块石头还在。那块石头就是我们的青春。再苦再酸再痛，都是我们自己的青春。

歌声是人生的声音里程碑。循着歌声我们回头去寻找属于自己的青春，这是再自然不过的事情了。

在满布皱纹的脸上涂抹几下，粗粗地化个妆，再穿上酷似当年的衣服，点燃心中那把熄灭已久的青春之火，疯狂地再唱一次，再跳一次，其实这只是一次虚幻的精神寻梦之旅。人老了，怎么可以再变年轻？！时光怎么可以倒流？！

我心里头的痛点正在这个地方。我们的青春是属于我们自己的，但是我们的青春所在的那个时代，我可是再也不愿意回去了。

经历了这一切的人现在都老了，失去了述说的愿望，“却道天凉好个秋”。这一切发生的时候，我还小，还能记得起来，还能够轻描淡写。

很多事情，好的坏的，人非经历过不能辨其真伪。但是义无反顾地去经历，是福还是祸都无法回头了。

曾在这高高低低，弯弯曲曲中跌倒

才骤觉开开心心，简简单单已极好

最美丽仍然是爱，带泪尝仍然是好

未惧怕一生的波折伴到老……

还记得你的饮歌*吗？

11.04
2022

在家中，坐定定。今天讲下广州的音乐茶座交谊舞和卡拉OK。

这些既是平民百姓的，也是有钱人的娱乐。广州人原本很少用“娱乐”这个词，多数讲“消遣”，现在都渐行渐远啦。旧事不须记，过了就过了。

有资料说，1981年广州全市56家音乐茶座的茶客总数相当于全市影剧院观众的总和，1984年广州音乐茶座的数量更是达到了75家。音乐茶座之兴旺可想而知。

开始时，音乐茶座只设听歌、吃点心、饮茶项目，没有大鱼大肉，没有杯起杯落，而且一般都是晚上才开。茶座有个小舞台，一个镭射（激光）球挂在中间，不紧不慢地转着；几盏射灯扫来扫去，时明时暗；歌手和小乐队在台上，茶客在台下。情到深处，掌声四起；也有尴尬时分，歌手唱罢，下面毫无反

* 粤语，意为拿手的歌曲。

应，来客饮茶食嘢，细声倾偈，波澜不惊。

那时候没有人说：“喂，去音乐茶座啰。”而是说：“喂，去听歌啰。”可见，在点心、茶与歌中，人们还是冲着歌去的。

我记得广州最早的音乐茶座是东方宾馆开的，一般人用人民币还不能买票，要用外汇券，由香港亲戚带入场。我在电台工作，为抄近路，出外经常走经东方宾馆花园，不时见到我的老同学王文光在走廊上的茶座拉小提琴。远远一瞥，如果我们目光相遇，一个点头、笑一笑就算打过招呼了。后来，人称“阿伯”的王文光成了广州流行音乐的领军人物之一。

那时候，广州的大排档不是很火红，夜总会应该还没有问世。所以北方人讲广州的夜生活，实际上指的就是这个音乐茶座。

天有不测之风云。广州作为改革开放的排头兵，音乐茶座竟然成为别人攻击的目标。罪名是什么，我现在已经印象模糊了，好像是说靡靡之音、精神污染什么的。作为一个跑文艺线的记者（那时候还没有“娱乐记者”一说），我决定用手中的笔为广州的音乐茶座正名，以保卫刚刚开始的广州的改革开放——“木秀于林风必摧之”，你以为人家真的就是攻击这几十家无足轻重的音乐茶座吗？

当时，刘志文先生（后来他担任太平洋影音公司总经理，成为广东流行音乐的领军人物之一，人称“波士”）在广东音协办的《岭南音乐》做编辑。每天晚上，他带着我跑几家音乐茶座，调查采访，用一个月的时间几乎跑遍了广州的每家音乐茶座。搜集回来的资料，能公开讲的就放在公开报道中，不宜公开讲的就写成供领导看的内参。

听说内参呈上后，有领导看了恍然大悟：原来音乐茶座是这么一回事！我看没有什么大问题啊。至少无益无害嘛！是啊，三人成虎，很多讨伐音乐茶座的人连音乐茶座是什么都不知道！

挺过了这突如其来的当头一棒，广州的音乐茶座无灾无病，歌继续唱、继续听。仅十年光景，到二十世纪九十年代，音乐茶座开始式微，现在已经芳踪难觅了。

与音乐茶座差不多同期兴起的是交谊舞。我从来没有进过舞厅，是怎么知道交谊舞的呢？原来，在我们电台午休时，间间办公室都有跳交谊舞的。教的热心，学的认真。“蹦嚓嚓”，好不热闹。这种搂搂抱抱的“资产阶级”生活方式就这样入侵广州了。当时的报章上也是充满讨伐之声。当然，后来社会越来越开放，人民群众的娱乐方式也越来越丰富，歌照唱，舞照跳。

到了二十世纪九十年代某年某月的某一天，一个朋友神神秘秘地对我说：“我带你去唱歌！”我说：“唱歌？有没有搞错？我五音不全又记不住歌词啵。”朋友解释说，现在有种很先进的设备，会播伴奏，还会自动播放歌词，你看着唱就行了。哦哦哦，原来这朋友说的就是卡拉OK。那时卡拉OK最流行的就是《只有情永在》《在雨中》。

相比于音乐茶座和交谊舞，卡拉OK的普及速度和程度都犀利多了。二十世纪九十年代初，不但有商业的卡拉OK厅，甚至有点钱的单位，都设有以职工俱乐部名义建起来的卡拉OK厅。和音乐茶座相比，无论是单位的还是商业的卡拉OK厅，在装潢上，都显得金碧辉煌，视听设备也越来越先进、豪华。

卡拉OK刚兴起的时候，是用录像机播放影像的，找歌很麻烦，要倒带。后来，惊雷一响，镭射影碟登场了。它的画质好、音质靓，不过好贵，几百蚊一张。那时候人们去番禺易发商场，很多就是为了买影碟。

最搞笑的是，那时候很多酒楼都有卡拉OK包房，以至于有外国人以为，开饭前唱歌是中国人的习俗。

据说，现在还有卡拉OK，不过光顾者都是老人家，他们去唱革命歌曲，店家还包一顿自助餐食。一人几十蚊，最适合老人家聚会。我只是听说，从来没有人约我去。可能我的朋友都不喜欢唱歌吧。

与最兴盛的光景相比，卡拉OK厅今不如昔了。不过，直播风潮正劲，卡拉OK似乎换了个模样，咸鱼翻生（粤语，意为复活）了。每到夜晚，江边、路边总是可以见到有人对着手机狂唱，那就是直播了。路过的人觉得好笑，但是唱歌者总是觉得自己十二分OK。还有就是公园里唱歌的大妈、大爷，现在已经进化到找真人乐队伴奏了。一把走音的二胡，一支电吹管，或者多加件其他乐器，如手风琴或扬琴、小提琴之类伴奏，一班大妈几个大爷，扯着嗓子就唱。哪管走不走音，陶醉、过瘾就是了。

唱歌、跳舞之类的事情，可以很高深，很文艺，也可以很草根、好求其（粤语，意为随便）。娱乐是人的天性需求，就像亚马孙河边的猴子会找树洞里发酵的果汁来喝一样。但那不是果汁，已经是酒了。

“留几分清醒几分醉”。你还记得自己那首卡拉OK的饮歌吗？

唔识咪学啰

05.06
2021

有位“村民”表扬我，从不会做饭到可以似模似样地煮一餐饭，只用了两年的时间。准确地说，是一年多吧。

一个著名的主持人是怎样成长为一个不著名的伙头的呢？

说起来话长。“树老根多，人老话多，莫嫌老汉，说话啰唆”，小时候我们都学过这篇课文，现在成真了。自己成了说话啰唆的那个老汉了。

我其实不是从来都没有做过饭。和大家一样，我小时候会生煤炉煮饭，洗菜、炒菜都会，劏鱼也会，酿鲮鱼也识，炒熟条菜，蒸个肉饼，煮熟一餐饭没有难度。

讲起煮饭，有一段刻骨铭心的痛苦日子。我十二岁前后，父母都不在家了，我只好天天煮饭。所以，后来一闻到厨房和菜市场的味道，我就有多远走多远，有心理障碍，不进厨房。

不知不觉中，我就变老了。不煮饭也有饭吃，至少有盒饭。说不做饭是假的，渌（粤语，意为用热水或热的液体烫）个面，电饭煲饭菜一镬熟，还是经常有的事。所谓不煮饭，其实就是不炒菜，更不整番几味（粤语，意为做几个菜）而已。

俗话说，曲不离口，拳不离手。我原本就没有做饭的手艺，几十年来不进厨房，厨艺之差可想而知。

俗话又说：马死落地行。去年春节，疫情一到，禁足的日子总不能禁口腹，于是我就阿超着裤——焗住嚟（粤语，意为硬来）了。

真是不堪回首。我首先是去小区的超市抢购。所有的速冻饺子、速冻点心之类早被抢光了，绿色的叶菜也被抢光了。"抢"了几百蚊的食材，也不管是什么了，总之能吃的都先抢回来。经过备战备荒年代的我，在这点上是毫不含糊的。

然后就是硬着头皮进厨房了。现在回想起来真是可笑。平时睡到中午的我被迫早起，做个午饭居然用了三四个小时！也不是九大簋，就是几个家常菜，几个人的量。总之就是一头烟。

我做梦也没有想到，年至六十六，还要近庖厨。不是说"君子远庖厨"吗？

所以，一开始，我是一万个不愿意进厨房拿锅铲的。那时候还未知原来用不锈钢爪篱炒菜那么爽。

无论是好事还是坏事，世界上所有要经历的事，慢慢就习惯了。一日三餐，从粗到精，从九唔搭八（粤语，意为逻辑混乱，不相关）到有些构思设计，试下试下就试出纹路了。

转折点的出现与我的一位同学有关。他精心研究饮食之道到了走火入魔的境界，也给我透露了制作电饭煲叉烧的秘方。自从得此秘方并照板煮碗（粤语，意为参照方法做事）之后，我得到了很多朋友的称赞。他们不但吃了，而且还打包走。最夸张的是连汁都捞埋，多吃了几大碗饭。这看来就不是客气夸奖两句的事了。

我得咗，哪怕只会做一道菜。

可见人是需要鼓励的。在朋友们的鼓励下，我做的菜式逐渐增多，慢慢做出心得来了。

这和我做电台的情形几乎一模一样，开始不喜欢，甚至抗拒，到最后越做越有心机（粤语，意为用心）。

当初我考电台，只是想改变自己的人生走向，不愿意当个小教务员。但是进电台之后我就蒙了：第一篇稿编辑只给了我三百字的篇幅。我想：天啊，这叫我怎么写？以前我写小说、写诗歌动辄几千字！

于是，写消息、通讯、特稿，录音合成，我一点一点地学，慢慢地也学出了兴趣，学出了成就感。学到最后，电台成为我生命中最重要的组成部分。

说来惭愧，音频编辑软件我以前也会用，但就是简单用Cool Edit来剪辑。疫情暴发之后，我才认真研究学习和使用了Adobe Audition，不眠不休。再后来，大家在“一个人的电台”中听到的声音，也是用这个软件剪辑合成出来的。

唔识咪学啰，使死咩？（粤语，意为不会就学，难道会死吗？）“活到老，学到老”，真理来的。学有所成是生命的精彩。

我和我这代人中的大多数一样，上学机会少，小学、初中、高中极不完整，大学又没机会上，什么都靠自学，自学已经是我们对付生活最重要的本领。

很多人老了就停止了学习。其实老了退休了，可以学习的天地更加广阔，不为生活所迫的学习是最愉快的学习——这话也不全对，我这次学厨就完全是为生活所迫，为疫情所迫。

没有什么是比学会做一味既合自己口味又得众人夸奖的新菜式更加令人快乐的事情了。

闻说旧时番禺沙湾富人云集，公子哥儿多，他们平日之乐事就是自己研究出几味撚手小菜，然后呼朋唤友来家品尝。若有人不服气，则自己或求师或潜心研究，做出好菜式又再聚——不服来战。番禺沙湾的美食就是这样来的。旧时富人的品位同现在的富人是不同的。

其实对美食的热爱不分贫富。一条鲮鱼骨就可以征服天下的舌尖。

对我来说，厨房已经不是一个让我生厌的地方，而是起点，仅仅开始，已是一个小小的乐园了。

学习改变了一切。

这只是你的瓶颈
而不是你的尽头

小林漫画

雕刻自己，雕刻时光

02.19
2023

在网上游荡，偶遇了这样一段文字。因为感到亲切，又有很大共鸣，加上几分感慨，所以拿出来和大家分享。

一位作家在接受采访的时候说：

我那时上邮电学校，中专，到邮局工作后发现很多跟我一起做营业柜台的人都在上自学考试，我就跟他们一起去南师大上夜校，这是八十年代末九十年代初的事了。你会发现周围的同学来自各行各业：有人身上有很重的来苏水味，看起来像是护士；有人穿着工厂的工作服，戴着个牌子，上面写着第几车间、第几号；还有人掏出的笔记本是那种出纳员用的记账簿，你一看就觉得是个会计。总之，大家都白天上班，晚上从各个地方赶去上课。上课的地方是一个很大的阶梯教室，每个人的脸在老师看来大概只有绿豆那么大，白炽灯在头顶上，时不时“嗞”地闪一下。那个情景我至今印象深刻。那会大家上了一天的班，其实都挺累的，还有人没来得及吃晚饭，就“窸窸窣窣”

掏出一个月饼来，也挺好笑的。不过大家互相不认识，很矜持，不怎么讲话，下课了就散。可就是这样，你依然觉得所有人都是同盟军，所有人都踏上了时代的滚滚车轮，所有人都坚信努力就可以改变命运。

我想起了1980年前后，我在广州教师进修学院当教务员，那时兴起了英语热。唉，现在都传出学校不考英语的谣言了。评职称好像不用考英语了。真是“天翻地覆慨而慷”。

那时候英语热到什么程度呢？大街上、公交车上，你很容易就能看到戴着耳机听Walkman（随身听）的青年人。他们可不是在听音乐，而是在听英语。最流行的就是《英语九百句》《灵格风英语》之类。《许国璋〈英语〉》和《新概念英语》，是学英语的青年人的必备书籍。

在现在的青年人看来，当年英语这么热，也许是崇洋媚外吧？绝对不是。那时候的青年人都有一股热情，叫作“为中华之崛起而读书”。学英语是为了看懂外国的资料，学习外国的先进技术和先进管理方法。这可不是大话空话，而是实实在在的自觉行动。

现在都流行说“不要输在起跑线上”。可是那一代的青年人的英语起跑线是什么呢？中学马马虎虎学过几句，一毕业就全忘了。有的人连二十六个字母都认不全，很多英语夜校的第一课就是讲二十六个字母的发音。

真真正正的零基础的起跑线。

就是在这样一个全民学英语的热潮当中，进修学院的领导动心了。他提出要创办一所英语夜校，并且叫我一个人承担了英语夜校的全部教务工作，兼看大门——查验学生证和下课后关灯、关课室门。我没有要加班费，条件是我可以在夜校读书。

星期一到星期五，每天晚上，华灯初上的时分，我就一层层爬楼梯，打开每间课室的灯和门。离上课时间还有十五分钟，就开始有一个个、一群群的年轻人，还有个别不太年轻的广州人骑着自行车来了。我站在大门口逐个查验学员证，最后自己以学员的身份坐在课桌旁上课。放学了，学员们鱼贯而出，我又一层层爬楼梯，关灯关门。那一年我二十六岁，早就过了学习外语的黄金年龄。

那是广州第一间英语夜校。后来，英语夜校就遍地开花了。不知道我的“村民”里，有没有当年广州教师进修学校英语夜校的学员？你的结业证上有没有我盖上的钢印？

那时候，广州珠江边的业余大学一到晚上就灯火通明。这间业余大学培养出的很多人才，成为广州各行各业的中坚和骨干。

现在时兴讲穿越。如果穿越回1980年，我照样会一层一层地爬楼梯，开灯、关灯，开门、关门，在学校的大门口查验学员证，然后自己安静地坐在课桌旁听课。有书读的日子有多么幸福，只有想读书而没书读的人才体会得到。而更加可贵的是，那个时代，青年都把个人的前途和命运与国家的发展进步连为一体。那是一个激情澎湃的时代。

我们确实经历过这样一个时代。

读书实际上就是一个精神拍拖的过程。首先你会找自己需要的，自己喜欢的，自己读得下去的书去读，全是自由选择。然后一旦这本书读不下去了，你会即刻放下，永远不再回头。再然后，如果与书里头的人物或者情景心有灵犀，你会不断地与之对话，鸡啄唔断（粤语，意为一直在讲话）。所以有人说，读书就是读自己，此言不虚。

现实中，你周围的三姑六婆、猪朋狗友、领导下属几乎没得选择。正是这个圈层决定了一个人的层次，尤其是精神层次。但是读什么样的书，选择权完全在自己。你可以与精神层次或者专业层次比自己高很多很多的人交往。你也完全可以沉浸于书本中，生活在一个完全别样的世界里头。

书中自有颜如玉？骗人的。书中自有黄金屋？也是骗人的。但是书可以塑造一个你愿意成为的自我，这是真的。

有这样一个雕塑，不知道大家有没有印象？一个人用一把雕刻刀痛苦地雕琢自己。读书没有这样的痛苦，但的确可以雕刻一个人。

有一句话很文艺："雕刻时光。"读一本书基本上就像喝下几滴水一样，你看不出生命的改变。但是经年累月，一本一本地读过来，你就会发觉，水是滋润生命的，书是滋润人的。水和书像温柔的刀，而你就是时光。

你炒（过）更吗？

03.13
2017

现在的年轻人都不说“炒更”这个词了。他们可能喜欢用“兼职”这个表述。意思大同小异吧。

我炒更的最高纪录是一个人同时打四份工。在学院教务处做一份正职的同时，给学院的夜校做教务员（学籍管理）、保安（每晚在大门口查验学员证，提前给全部教室开门开灯，学员全部离校后给每间教室关灯、关门）、帮学院各系的老师刻蜡版印教材。那时候最喜欢刻的是地理专业和生物专业的教材，因为图多占版面，不用一个个字刻得那么辛苦。一张蜡纸五毛钱，一个星期天从早到晚可以刻八到十张。那时候我的收入颇丰——跟同龄人相比。那是二十世纪七十年代的中后期。当了记者之后，我就没有再炒更了，不是够钱花不想炒更了，而是根本没有时间。当记者的时期是我经济最拮据的时期，可谓捉襟见肘。为了给女儿买一只塑料做的木马，26块钱，我存了很久，也加了很多班。那时真的有点后悔去做记者。

炒更这个词是怎么来的呢？估计“更”就是一个工作班的

意思。比如说，做一更，就是上一个工作班。炒就比较玄妙了。炒菜是炒，炒股是炒，炒鱿鱼也是炒。添油加醋？翻来覆去？只可意会不可言传。

二十世纪八十年代，经济大潮涌动，除了自己砸破铁饭碗下海经商，职场上各种规矩被冲击得七零八落。一个人打几份工，人才流动、智力流动、技术流动都是很光明正大被提倡的事情。其中最厉害的要算“星期天工程师”。其时，乡镇企业如雨后春笋般建立，城里头的工程技术人员成了金叵罗、抢手货。很多广州工厂和企业里的工程师、技术员就利用星期天到珠江三角洲的乡镇企业炒更，他们带徒弟建生产线，从设计到亲自操刀，干得热火朝天，不亦乐乎。他们的收入当然比刻蜡版要多得多。炒更被这群勤劳而有技术的广州人做到了极致和高峰。当时的广州街坊中，家里最先用上彩电、冰箱的，除了有海外亲戚关系的，就是这群“星期天工程师”了。

后来，炒更一说式微，“星期天工程师”也不时兴了。究其原因，可能是因为企业开始推行现代化管理，各项规章制度慢慢地建立起来。而且炒更也好，“星期天工程师”也好，说到底是个出卖劳动力的活儿，能够赚到的钱也实在有限。用体力、脑力来挣钱，怎么比得上用钱来赚钱？挣钱和赚钱是两个不同层次的经济行为。

现在潮流已经不时兴炒更了。在单位做打工仔一份，在外头做老板一份变成了常见的谋生模式。之所以要在单位留着一份工，是为了养老金。因为外面风大雨大，谁知道做生意的结果会是什么？而外面做老板的一份，代表的是人生的一份价值和梦想。所谓“坑底牛，两边吃”是也。

听说有个电台的女主持人做了很多年都不红，人生陷入低谷。后来她就开了家淘宝店卖衣服，一年的营业额居然可以做到上千万！后来的事情大家都猜得到——主持人照做，淘宝店照开，从此过上幸福的生活。

活人不能让尿憋死。钱不够花就去挣。这算是积极人生吗？现在很多小孩，钱不够花就怨父母骂国家骂老板骂天骂地，有那力气吐槽，怎么就没有力气再多打一份工呢？

炒更精神万岁！

我这样学英语

05.09
2020

我开始学英语的动机非常简单，就是受到一个很小的场景的影响。那一年，我在广州火车站看到一个年轻的姑娘用英语很流利地跟几个外国人交谈，同时帮旁边的人翻译。我就想，如果我也会讲英语那就好了。那时候，我很年轻，也就二十出头。我的想法很简单，为什么她会而我不会呢？

1979年，我离开农村调入广州教师进修学院当教务员。因工作的便利，我可以去旁听英语班的课，但那是对在职中学英语老师的强化培训课，我总是听得半懂不懂。

后来，广州教师进修学院开办了全市第一家外语夜校。我顺理成章地成为外语夜校的教务员。然后，我跟学校达成了这样的一个协议：我每天晚上在夜校上班，读英语班的学费就从我的夜校工资里扣除。 这是我正式学英语的开始。在此之前，高中时学的那么一点英语基本上作废了。

我非常感谢广州教师进修学院的英语老师。她给我们找了一套非常好的教材——《许国璋〈英语〉》。这套教材完全适合中国人学英语，是从初级到高级的进阶。我没有看到有比这套教材更好的。之前我也学过《英语九百句》《灵格风英语》之类的，也是一边学一边忘。

在广州教师进修学院夜校，和很多人一样，我不知疲倦地从头开始学英语。我是从《许国璋〈英语〉》的第一册开始学，重新从国际音标开始学。我记得当时第一、第二册教得很快，因为简单。这套教材我一直学到第六册。这个应该就是我英语的基础课吧。

记得在学第六册的时候，我已经离开了广州教师进修学院到广东电台工作了，这个第六册就完全是自学的了。

1983年，一个意外，改变了我学英语的进程。

那一年传出消息，广州外语学院夜大招生了！国家承认学历！

那时候是文凭热，在职去读夜大或者业余大学的青年人很多。他们都是青春被耽误了的那一代人。国家也在推行振兴中华的读书活动，在青年人中激起了极大的反响。

这个消息是别人告诉我的。电台的一个同事叫我陪他去考，试试看。于是我就去了，完全是陪太子读书。意外的是，他没有考上，我却考上了。

这里还有一个小插曲。我之所以认为自己不会考上，是因为除了英语外还要考文化课，而我数学之差是有名的。幸好当时有个政策，英语专业高分者，文化课录取线可以降低。据说我的口试特别好，于是就上大学了！

直到走进广州外语学院的大门，我才知道，当时全广州市报考人数居然有5000多人，而只录取125人，其中4个英语班共100人，一个日语班25人，录取率远远低于当年普通高考。换句话说，就是比参加高考还难！真是一身冷汗。如果我事先知道会放弃去考试的。

开学第一课，我至今记得，也是一身冷汗。第一课例牌是自我介绍，你学了多少年英语，你为什么要学英语呢。全班同学就我一个人工作与英语无关，我真的不知道为什么要学英语。我忘记当时是怎么说的了。而至于学了多少年英语，个个回答都是超过十年，十七年、二十年的都有，我当时学英语满打满算也只有五年左右。

虽然是入学了，但是事情又出了一些岔子。当时上夜大、业余大学之类的要报告所在单位，取得批准。我于是履行手续如仪。没想到一进人事科，科长就劈头盖脸一顿臭骂："你当个记者有什么了不起，又要学英语，又要学天文地理，你有没有把组织放在眼里?！"我真搞不懂她的逻辑。不过为了一个学期50块钱的学费报销我也忍了，耐着性子听她骂完，等到最后一句："以后你还敢不敢？"我连声道："不敢不敢，以后打死也不敢去考试了。"她气鼓鼓地盖了印。学费报销到手，六个学期，每个学期50元，300大元解决了。那时也算一笔钱吧。

其实读夜大是很艰苦的事情。那时候没有双休日，星期一到星期五，每天白天上班，累得像条狗，晚上还要上课，天亮到天黑就没有一分钟空闲时间了。星期天到广州外语学院黄婆洞校本部上必须使用语言实验室的听力课，一整天。那时候，我天天盼望放暑假、寒假，只有在这寒暑二假才能够喘口气。

我感到很对不起广州外语学院的老师，因为我尽管多数时间会认真听课，但还是会时不时地趴在桌子上睡着了——实在太累了，没办法。我自己也是教师出身，当然知道课堂上睡觉是不尊重老师。但是老师很体谅我们这些一把年纪、白天还要工作的学生，不止一个老师多次对我说，他知道我们辛苦，实在扛不住就睡一会吧。

唉！读个夜大真是不容易。白天还要抽空做功课呢，一般都在午饭和晚饭之后。每天的时间都塞得满满的，就这样过了三年。整整三年啊！

广州外语学院的教学非常重视训练，重视实用性。这让我受益终身！

记得有一次做听力训练，8开大小的练习本竟然用了70多页，录音机不停耳朵就不能停，答题的笔也不能停。这次练习持续了三个多钟头，人都累趴下了。

中国人听外国人说话，尤其是在各种各样的具体声音环境中，比如电台中，比如餐厅中，不可能每个词都认识，不可能每句话都可以完整听下来，听不懂的词马上放过，要抓住的是整句话的意思。这是个很实用的训练。

这样的训练对我后来在“德国之声”进修听课特别有帮助。给我们上课的老师有德国人、美国人、印度人等，没有几个是英国人，说实话，我也不是每个词都听得懂，听得清，听得明白，但是总体的意思，整体的信息肯定是可以完全接收得到的。当然，这还不光是语言的问题，因为讲的是我熟悉的新闻和电台的专业课程。如果他们说的是做菜，那我可能就要“歇菜”了。

另外，广州外语学院的快速阅读训练对我也很有帮助。在德国之声进修时，做报摘节目，每天十几份欧洲报纸，要在言论版迅速找出有报道价值的言论，还要顾及观点的对立和交叉，如果一个字一个字地看，一天都看不完。这个时候，找key words（关键词）和main idea（要点）就非常关键了。这些技巧光靠聪明还真是做不到，必须经过一定的训练。

说起来我好像特别幸运，1986年在广州外语学院夜大毕业，1988年就到“德国之声”去进修了。好像那三年的辛苦学习是为这个业务冲刺而读的语言预科。到那个时候，我才可以回答我在广州外语学院第一课上没有答好的那个问题：你为什么学英语？人生会走怎么样的路，往往是冥冥之中注定的。

最后和大家说说我学英语的方法。

我从来没有背过单词，也没有做过一个单词本。这在学英语的人中，可能算一个异类。

我三年级开始看《三国演义》《水浒传》，也没有做单词本。不认识的字很多，尤其是繁体字，基本就是根据上下文连猜带蒙，那些不认识的字看多了就脸熟了，认识了。既然可以这样学汉语，也可以这样学英语。这是我的方法。在使用中学习，在阅读中学习，在交谈中学习。（顺便说一句，有人在之前的留言中说，讲话前先用中文整理思路再翻译成英语讲出来，我是反对这样的方法的。学英语，必须形成自己的英语思维。）

另外一个方法前面说过了，就是看英文的专业书籍。这个是最容易学的。基本上就是无师自通。看多了，专业词汇量就会突飞猛进。这个方法也是最实用的。

还有就是读小说。我喜欢看Sidney Sheldon（西德尼·谢尔顿）的侦探小说。这个是有讲究的。侦探小说情节紧张，有追下去的动力。此外，侦探小说涉及社会生活的面很广，有政治、经济、文化、生活习俗等。看得多了，句型就记住了，表达也生动了，词汇量更容易增加。看美剧《纸牌屋》的功效也相类似。

不过这样的学习方法也有缺陷，就是老是拼写错。好在现在很多写作软件都有纠错功能，输入法也有整词输入的功能，敲出前面几个字母，后面一串就出来了，省却我很多的麻烦。

要声明的是，我这样的学习方法，只适合我自己，也是我个人的具体处境逼出来的。当年，我曾参加过托福的模拟考试，分数高得出乎我的意料，也算是对这种学习方法的一种肯定。

当你接触除了英语以外的其他外语的时候，你才会发现，原来英语是最容易学的。德语、法语更难学。所以我也一直没有学会。

转一下话题，说说民族自信心的问题。

有一次，我参加由中国画家和美国画家联合举办的作品展。一个负责人在画展上讲话，他对美国画家画的一幅中国街巷的画大加赞赏，大家也热烈鼓掌。他们请我讲话，我就讲了，我忍不住又得罪人了。我说，为什么我们对一个美国画家作品里的中国元素热烈鼓掌，而对中国画家作品里的西方元素视若无睹呢？一个美国画家在中国创作，他的作品中出现中国元素，甚至使用大量中国题材不是一件极其正常的事情吗？东西方文化的交流，并不是只为自己鼓掌。你中有我，我中有你，才是至善境界和最高境界。

说到底，英语也好，其他外国语言也好，都不是怪兽，它们不会吞噬东方的文化，相反，它们会让我们自己的文化丰富起来。英语是我们通向世界的一座桥梁，一扇窗口，凭借英语我们可以学得更多，交到更多的朋友，也让更多中国以外的人了解中国。英语在中国民间的普及程度越高，越有利于化解中国与外部世界的冲突。我们都知道，冲突的原因往往除了利益相左之外，就是欠缺了解和沟通。爱国，就是每个人都要肩负起让世界了解中国的责任。

东西方文化融会是一件非常有意义、非常美妙的事情，就像百川归海，到了大海，你就分不清也没有必要去分清哪一滴水是来自哪一条溪流了。

每一条河涌
至少都有一座小桥
能让你行运通达

写字无用

07.07
2020

有一位听众留言说，招牌审美的倒退，早从小学取消习字课就开始了。这个消息让我大吃一惊。难道现在都不讲究字写得怎么样了吗？

我读书的时候，不止一位教师谆谆教导“字乃人之衣冠”。再看几十年后的现实，真是长使文人泪满襟。现在满大街的人都是“衣衫褴褛、蓬头垢面”了。

不过我这个话一出口就觉得讲错了。我参加过很多的社会活动，在签名版或者签名册上看到很多人的签名，字真是太丑了，不堪入目。连自己的名字都不能写好，还能指望他们的字好到哪里去？至于所谓的明星网红，签名就更加难看了。要不就是张牙舞爪，要不就是缩成一团。估计这些明星网红都是花了五块钱在网上请人设计签名，然后照猫画虎的。

什么样的字算好？在我看来，最高境界要像历代书法名家。能够写出这样的字的人，叫作书法家。“书”就是写，“法”就是有书写的法度，这些法度都来自历朝历代的书法大家。凡是学写书法，必定从临帖开始，绝无捷径。

现在，有人张嘴闭嘴就说弘扬中华文化传统。但是他们知道没有任何东西比书法更加讲究传统吗？问题是，很多大声讲传统文化的人，自己的字都见不得人。不论是做文化、做行政或做贩夫走卒，很多人的字都是越写越差。听说现在小学的习字课也取消了，真是让人绝望。希望这是一个谣言。

书法家是人群中的极少数，普通老百姓的字也要写好。老百姓的字怎么样才算好？我觉得字必须是一笔一画，站得稳，让人看得明白。字是写给人看的。你写字不认真，自诩龙飞凤舞，人家看不明白，除了自嗨还有什么意义？至于写字不认真，东歪西倒，那更是你做人的态度，自曝其丑。

所以大家都要感谢电脑，给电脑烧炷香。不管字有多丑，有了电脑，大家的字都一样了。掩饰，不用解释。用了电脑，这也让人有了不写字、不重视自己的字的美丑最强有力的理由。

算一下，电脑的普及应用应该是在2000年之后，由此看来，现在二十岁左右的人，对写字真的会无感。除非他们当中有人对写字有特殊的兴趣。

在现代社会，要说服人去学一样东西，首先要讲的是学了有什么用。没有用的东西没有说服力。

二十多年前，国家花了很大的力气去推行英语教学，甚至从娃娃抓起，现在成效如何？大家都知道，很多的大学生英语过了四、六级，甚至八级，却既不能开口讲，也不能动笔写。英语学习是中国人投入产出比最低的事情。为了通过考试，英语学习几乎占据了学生百分之五十的学习时间，但是收获的除了各种考试成绩，基本百无一用。大学毕业后五年就基本还给老师了。

如果讲学写字（我不敢讲学书法），与学英语一比，就更加令人丧气了。中国书法除了头顶有一个传统文化的光环之外，很多都没有。最重要的就是没有来自国家力量的推广加持。如果国家用推行英语教学一样的力量去推行书法教学，甚至将书法列入高考必考科目，估计当代中国人的字不至于这么丑。没有理由，让人们丧失在本土传承和弘扬中华传统优秀文化的欲望。

从某个特定的角度观察，传统文化的式微是一个无法阻挡的趋势。比如家具，现在要入榫就是奢望，所有家具都是螺丝搞定。我们年轻的时候，所有的斗木佬都会入榫，用胶水的都会被人看不起，更不要说用螺丝了。现在买家具，都是自己动手组装，人人都是斗木佬。如果还停留在入榫时代，家具会很贵，估计一张日字凳要五百元都买不到。如果还是入榫时代，电商物流都好难做。

但是，正因为如此，我们才有保留和护卫的热情。我就收藏了四张入榫的日字凳。我在微博、抖音、B站（哔哩哔哩网站）等，不时看到一些入榫绝技。这传达了一个清晰的信息：价值存在于消失之中。消失与保育应该是一件双向而行的事情。

讲回到写字。在这个绝大多数人的字都写得很丑的时代，假如你能够写一手好字，是不是鹤立鸡群，很有面子呢？

用这样的理由去说服大家重视自己的字，我自己都觉得很无力。但是，除此之外，我真的想不出什么话来。把字写好有什么用？真的无用。

但是，做无用之事，读无用之书，是人生的乐趣，也是人生的智慧。与其刷屏滚屏浪费时光，不如扔下手机，随手捡张纸，涂鸦写字，看看写一百天会有什么收获。

俗话说，拳不离手，曲不离口。其实字不离手也是可以的。如果日日用笔写下购物清单、日程提示等，一两百字，已经很好。

不止一个老师教导过我，字无百日功。意思就是写字一百日，虽然不能成为书法家，但是你的字一定比百日之前有进步。

有个古代书法家的故事，说他天天写完字在自己屋前的池塘洗笔，日子有功，池塘的水变黑了，书法家也功成名就了。这是一个水滴石穿的故事。现代鸡汤经常劝人做什么事一万小时就能够成功，其实强调的都是坚持。

从二十世纪九十年代中期到二〇〇九年，在十五年左右的时间里，我基本上告别了笔，没有写字，只用电脑。收获的是效率，失去的是我的字，越写越差，连自己都看不过眼，觉得很丑，很自卑，对不起老师。

其实，我现在写稿也是用电脑，只不过时不时写写字。但是经过了这么多的一百天加一百天再加一百天，哪怕只是涂鸦，我写字的水平也基本恢复到使用电脑之前了。

我的字很差。读师范的时候，我们的班主任每天晚自习都强迫全班同学临帖。他说："你们毕业之后都是语文老师了，字不好，怎样见学生？怎样教学生？"这位老师是教古汉语的，字写得非常好。我还记得他写的是欧体。下晚自习后，按照临帖的好坏排序在课室后面的墙上贴堂。哪个字写得好，老师就用红笔打一个红圈。我的字从来都是倒数三名之内，都是贴在最后面，老师也从来没有在我的字上画过一个红圈。

我们班同学的字都写得很好。我只是一个近朱者赤的沾光者，但这已经够我受用终身了。

刚下乡做老师的时候，我在春节前帮贫下中农写春联。没有想到，我这么见不得人的字竟然收获了许多赞许。很多人说，这么年轻就能把毛笔字写得这么好，真是难得。我好惭愧。最重要的是，这个帮贫下中农写春联的举动，居然给严厉的校长留下了好印象，说我能够为贫下中农服务，和贫下中农打成一片。我真的想给我的老师下跪。

我在前面建议大家每天用笔来做备忘录之类，只是基于拿起笔比放下笔好之想。其实这样对于自己把字写得更好一点，没有太大的帮助。

要把字写好，还是要讲究训练的科学性。我们小时候学写字都是从描红开始，主要就是建立对汉字的基本认识和基本规范。现在是成年人了，要学写字其实还是跳不过这一步。

好在时代进步，现在有一种用水描红的习字帖，很多名家的字都有，只要用毛笔蘸水在上面描就是，水干之后可以重复使用。这是成本很低的练习，也是很有趣的练习。还是那句话，字无百日功。练习一百天，你一定会有成就感。

同时，读帖也是很好的学习方法。学唱歌要听歌，学写字当然要读帖。眼界一定要高。很多人无法突破自己发展的瓶颈，讲到底就是眼界太窄。见过什么是好，才能学好。这是很简单的道理。

不要妄想自己一夜之间就可以成为书法家，但是把自己的字练得好看一点，还是一件很有意义的事情，也是一件很有趣的事情。重要的是，这是一件很容易的事情。

我们的眼睛都已经厌倦了一成不变的电脑字，读帖，会给你一种完全新鲜的感觉：赏心悦目。这种愉悦和升华的感受，不亚于去听一场歌剧。当然，如果你说对歌剧没有兴趣，那么当我没说就好。

那时广州的夜

06.26
2021

不管怎么说，广州今天的网上世界算是天下太平了。好像肆虐的新冠疫情从来没有来过，来过的只是夏天的雨，夏天的风。来了就来了，走了就走了。

我也静下心来，在午后漫不经心地翻着一本旧书——《三家巷》，好似我从来不曾变老。

区家那天停工过节，全家人都穿了新衣服，在神厅里和天井里玩耍，十分快活。大表姐区苏和二表姐区桃都涂了胭脂水粉，梳了光滑粗大的辫子，十分漂亮。区苏一见周炳，就剥粽子给他吃。区桃拿了几个喷香的蒲桃，揣在他的衣兜里，又拿雄黄、朱砂在他的天堂上画了一个端端正正的“王”字。周炳一面嚼着蒲桃，一面捧着区桃那张五官精致的杏仁小脸，拿雄黄、朱砂给她点了一颗圆圆的眉心。点完了，大家就嘻嘻地笑。区细和区卓本来在天堂上已经画了“王”字，看见姐姐点了眉心，又缠住周炳要点眉心，点了眉心又要画脸，后来都把脸画得像大花脸一样，大家这才无忧无虑、无牵无挂地大笑一阵。中午的时候，全家大小都和客人一道，围坐在一张矮方桌子吃过节饭。栗子炖鸡，猪肉做汤，还有大盘的鱼，大盘的菜。区华还让周炳喝了半杯双蒸酒。周炳从来没有喝过烧酒，从来没有吃过这么香的菜，没有跟这样快乐的人一道吃过饭，很快就红了脸，眯起眼睛，痴痴迷迷地笑着，昏昏沉沉地又饱又醉了。吃过饭之后，周炳就闭上眼睛，躺在神厅里的杉木贵妃床上。这时候，他的两边脸蛋红通通的，鼻子显得更高，更英俊，嘴唇微弯着，显得更加甜蜜，更加纯洁。他的身躯本来长得高大，这时候显得更高大，也更安静。初夏的阳光轻轻地盖着他，好像他盖着一张金黄的锦被，那锦被的一角又斜斜地掉在地上一样。姑娘们都没事装有事地在他跟前走来走去，用眼睛偷偷地把他看了又看。周炳睡了一会儿，区华又叫区桃推醒他。以后，区华就带着区苏、区桃、周炳、区细、区卓这五个孩子，到长堤外面去看龙船。看了一会儿龙船，又带他们到海珠戏院，买了几张“木椅”票子，爬到最高的三层楼上面去看戏。这一天，直把孩子们乐坏了。

这章节描述的是二十世纪初广州市井生活的一个片段。离现在大约也有一百年了。这样的时光，我不曾经历过。

但不知道为什么，我总觉得，我离书里的场景近，而离现实的场景很远很远。现实的场景是，家家户户是防盗网、大铁门。平时紧闭，有人进出的时候，身后留下的是金属狠狠撞击的一声。

“街坊”这个词曾经沉睡了很久。本来这是个再寻常不过的字眼。比邻而居，就是街坊。后来街坊没人叫了，改口都叫同志，甚至两公婆也以同志相称。再到后来，就是先生、小姐了。街坊这个词沉睡了好几十年。直到我做《新闻日日睇》节目的时候，重新唤醒了这个古老的词语。

街坊是怎么回事，看看前面摘录的长篇小说《三家巷》里的这一段，大概可以感受得到。

比邻而居，孩子和孩子的关系是最纯真的，最能反映出邻里关系的亲疏。

我小时候没有街坊，因为住的是机关宿舍。我住的机关宿舍不是那种大院，而是小楼，三层小楼，每层分割给三两户人家居住：一个摞起来的大杂院。那时候的邻居也是单位的同事。1966年之前，同一栋宿舍的小孩的生活场景和《三家巷》里头所描述的很相近。

谁家有好吃的，邻家的孩子总有机会分享。很多人不解，为什么我一个广东人会擀饺子皮包饺子，会做包子，因为我楼上的老马姨做的饺子、包子我最爱吃，想想真不知道吃了多少！老马姨是辽宁人，她每时每刻操心的都是丈夫和孩子。家庭就是她全部的世界。

假如吃午饭的时候，孩子们都碰巧聚在一户人家里头玩耍，大人总会摆齐碗筷，小朋友就像一窝小鸭子似的挤在一起开吃。吃完了，大人在客厅铺好席子，小朋友就像猪仔一样，一个个齐齐整整地躺在一起睡午觉。夏天晚上，大人都拿着小凳子、大葵扇去天台乘凉聊天，小孩子也一起上去，玩啊，看星星银河啊，听妈妈讲过去的事情，直到沉沉睡去。

那时候，我们这栋宿舍小楼里很多人家大门的锁都是装装样子的，不用钥匙，用手一扯就开。直到1966年，各家各户的锁才换成了真家伙。而亲密无间的小伙伴们，也因为各人父母在大时代中的境遇不同而渐渐疏远，各自天涯。

那时候，我很羡慕楼下小巷子里的小伙伴，他们有真正的街坊。他们可以随意在巷子里追逐打闹，直到夕阳西下，小巷子响起了“虾仔返来食饭啦”——来自妈妈的呼唤。

在我小时候，广州夏天的夜，和书里头描述的是一模一样的。

> 有一天晚上，已经打过十一点钟，他才离开区家，朝西门走去。五月的晚上又暖和，又幽静，江风带着茉莉花的清香，吹得人懒懒地打瞌睡。天空又柔软，又安宁，闪着光，好像一幅黑缎子一样。

好人好梦。晚安。但愿今晚我们也可以遇到这样的夜。

就算吃着猪脚饭
也要活出主角范

小林漫画

“白衫蓝裤，正牌老顽固”

05.08
2021

不知道你还记不记得这个顺口溜：白衫蓝裤，正牌老顽固。

那是1966年之前、我们读小学的时候，每逢国庆、五一劳动节、六一儿童节，学生都要穿上白衫、蓝裤、小白鞋参加庆典仪式。当然，不是每个学生都有这个机会，只有表现好的才可以“出队”。那些被剥夺了资格的“落后分子”就妒忌了，念念有词：“白衫蓝裤，正牌老顽固。”这也许和现在的人心有不甘就上网吐槽、骂骂人差不多。

讲老实话，前有队旗、鼓号引导，后紧跟着一排排戴着红领巾，穿着统一的白衫、蓝裤、白鞋的小学生列队、出队，真是很威风。在那个时代，一件白衬衣、一条蓝裤子、一双小白鞋已经是一个家庭可为一个小学生承担的经济上限。家庭经济水平达到不了这个极限的孩子，对能够穿白衫、蓝裤、小白鞋的孩子吐槽也很正常。

回想起来，1966年以前，我还算是有过短暂的美好童年。但我也知道，这样说对我的很多同龄人不公道。因为他们经历了经济困难，没有饭吃，要吃“黄狗毛”等野菜。我在幼儿园，基本没有饿肚子。

1966年，风暴刮起，最时髦的服装是军装，没有军装的就只好穿蓝衫、蓝裤了。白衫、蓝裤一夜之间消失得无影无踪，少先队的出队鼓号队等也一起消失了。白衫、蓝裤真的变成了“老顽固”，谁也不敢穿了。

在此之后的十年里，蓝衫、蓝裤和军装成为全民服装。想起来真不可思议，几亿人就一起穿着这些毫无美感、颜色单调的衣服。我和你一样。你和他也都一样。他们和他们还是一样。我们、你们、他们都一样。人类的服装差别还不如动物身上的皮毛，狗和狗的颜色还不一样呢。

当然，有主流就有非主流。这点在服装上也不例外。那时候，能够进工厂而不下农村是青年最光荣的事情，如果能够进国营厂，那比现在考上北大、清华还牛。所以，工厂里头的工作服成了最靓丽的时装。

我不知道从哪里弄来了一件工作服，在农村的时候几乎天天穿着。说起来也好笑，一个教语文的中学老师，居然天天穿着一件洗得发白的工作服去上课。有一天，好像是星期天吧，一个小偷进学校，偷了我这件宝贵的工作服，结果刚出校门就被发现了。

我还记得这件工作服的布料叫作“坚固呢”。到后来，还有一种布料叫作“的斜”，斜是斜纹布的意思，广州话的读音是“扯”。那时候，有件“的斜”穿是很荣耀的事情，夏天就穿“的确良”。无论是“的斜”还是“的确良”，都是香港亲戚带回来的。不过，“的斜”大多数还是蓝色的，而“的确良”多数是白色的。

还有一种非主流的服装就是所谓的“港衫”，也是香港亲戚带回来的，很多人不敢穿出街。它们花花绿绿，与蓝衫、蓝裤形成了鲜明对比。还有就是喇叭裤、牛仔裤，它们有一个统一的名称，叫作“奇装异服”。

改革开放最直观的样子，就是中国人民都穿上了五颜六色的服装。灰蓝一片、草绿一片的景观从此不再，永远消失。

现在的人们，都有了选择自己服装颜色和样式的自由。你说这个社会有多好！

有人说，衣服是穿给别人看的。也有人说，衣服是穿给自己看的。其实，衣服是时代在我们身上的标记。现在的穿衣自由，是时代赋予我们的。

广州人的足下春秋

04.10
2023

俗话说，千里之行，始于足下。广州早已少见“赤脚大仙”（粤语，意指打赤脚的人）了，只要是个人，好好丑丑都会着鞋行路。记忆之中，我上小学的时候，有些同学是打赤脚返学的。那是二十世纪六十年代。到了七十年代，我在花县（今广州花都区）当老师，学生打赤脚还是相当普遍的。

小时候，几乎每个小朋友都有一对木屐。普通一点的屐板是素色的，屐带用车轮橡胶皮做成。精致一点的，木屐板是上漆描画的，屐带用的是真皮。我就有过这样的一双小木屐，非常精致，记得是蓝色的。

那时，广州有很多麻石街巷。小朋友在木屐底钉上一小片锯片，晚上在麻石路面上小跑，鞋底会迸出火星。清脆的木屐声在小巷深处一路远去，是听觉上的诗情画意。

木屐是不能登大雅之堂的，因此没有人穿木屐上学，也没有人穿木屐上班。那时候，大人、小朋友一年到头都穿的是塑料鞋。冬、夏塑料鞋的区别，也许就是夏天穿的会露出脚趾头，而冬天穿的则是包头的。记得最流行的是一种棕色的包头塑料鞋，据说是以军用塑料制成。

塑料鞋的最大优点，除了便宜，就是烂了可以自己修补。比如说断了鞋带，就从废弃的塑料鞋上剪一块颜色差不多的裁好，再烧热一段锯片，熔掉需要修补的地方，将断口接起来，然后用力一按就修好了。而自己补鞋的最高境界是换鞋踭。“焊接”工具还是一段烧热的锯片，刀工必须很好。先把旧鞋踭削平，再做一个一模一样的新鞋踭粘补上去。新鞋踭是用旧塑料鞋剪下来的塑料片一片片堆叠起来并用热力粘好，再用刀削成鞋踭形的。

假若解放鞋不算布鞋的话，则可以说广州人很少穿布鞋，除了在一小段时间内流行过穿北京布鞋（广州人叫“捞鞋”）。

相信从二十世纪六十年代、七十年代甚至八十年代走过来的广州人都穿过解放鞋。当然，主要原因是当时流行军用品，包括军衣、军用皮带、军帽，还有解放鞋。另外，解放鞋冬天能保暖，比光着脚穿一双塑料鞋强多了。再有一个重要的原因就是，不要说上山下乡，就算读中学也要去分校，也要学农，而解放鞋是最轻便和理想的劳动鞋。

从时尚的角度看，解放鞋真是乏善可陈。无论穿什么样时髦的衣服，脚上套一双解放鞋，整个人马上变得难看起来。但在那个年代，除了香港亲戚带回来的“奇装异服”，社会上也没有什么时尚的衣服。因此，解放鞋的流行没有遇到任何大的阻挡的力量。

如果有的话，小白鞋算是一股小小的逆流。小白鞋多数是回力鞋，可以说是当代运动鞋的前身。不过，假如不是上体育课或者某些特定场合，穿小白鞋回学校会被人嘲笑——它多少属于“资产阶级的生活方式”。

无论是解放鞋还是小白鞋，都容易臭脚。这是它们最大的缺点。

相比较于解放鞋和小白鞋，皮鞋无比高档。那时，中小学生穿皮鞋的很少。也许是因为家庭普遍都比较贫穷，小学生穿皮鞋甚至会被歧视。记得为了庆祝我考上小学，父亲从北京给我买回了一双铮亮的小皮鞋。我却不愿意穿回学校，因为给同学笑话过。直到有一天，我接到命令，代表广州的小朋友到广九火车站迎接外宾，这双小皮鞋才派上了用场。那是我作为一名小学生的高光时刻。

曾经有一段时间，广州流行三接头皮鞋。那是传说中的校官鞋。那时候，如果穿着一双擦得铮亮、钉有马掌的校官鞋在大街上行走，会不时引来羡慕的目光。

改革开放给广州人的脚带来的最大变化，是忽如一夜春风来，人人都穿波鞋了。“波鞋”是广州人的叫法，北方人叫作运动鞋，更早的时候叫作旅游鞋。名牌波鞋很贵，港纸要过千元，对于当时的广州人来说，这是几个月的工资了。那时候很少国产牌子的波鞋，而进口的都是贵价货。

那时候还流行穿西装。人们上班穿着朴素，而下班、拜年，甚至旅游都打领带、穿西装。有中国人出访外国，西装配波鞋，出洋相了，被笑话。没想到，再过几十年，这样的搭配却成了一些名人的公众形象。

那时候，“正统”的搭配是波鞋配牛仔裤。西装要用皮鞋来配。而今天，一个地道的广州人的标准形象却是T恤、短裤、拖鞋——至少网上是这样流传的。至于腰间的那一大串钥匙，只是传说，一百个广州人当中，没有一个有条件腰间挂着一大串钥匙。“收租公”毕竟是凤毛麟角。

但是，广州人的穿着不以面子为尊，不以牌子为上，怎么舒服怎么穿，是事实。腰间挂着几千万的钥匙，身上穿着几十元的T恤，在广州人的生活逻辑上完全可以自洽。

拖鞋在广州人生活中的地位提高了，很多广州人都是穿拖鞋出街的。以前穿拖鞋不能进大宾馆，现在应该可以进了，至少可以进大饭店。我没有试过。一双好的拖鞋要价过千元，不是新闻。穿拖鞋的最高境界是穿人字拖，无所不能。穿一字带或者交叉带的拖鞋，在拖鞋爱好者眼中是不入流的。我几十年都学不会穿人字拖，一穿就不会走路，只能大半辈子都穿着不入流的拖鞋。

广州人少穿靴子，除了特殊需要或者是军品爱好者。就算是穿，也只是短靴，长靴与广州人无缘。倒不一定是因为天气热，广州一年还是有几十天冷得可以穿靴子的。只是广州人个性不喜张扬，穿靴子，尤其是长靴，毕竟夸张了一点。

“路漫漫其修远兮，吾将上下而求索”。世界上恐怕只有广州人有这个本事，可以穿着拖鞋走过人生的万水千山。

您有多久
没有大口大口地吃饭了？

10.12
2016

二十世纪八十年代，国人少出国门。见了老外就问："您吃了吗？""Did you eat？"老外莫名其妙，我"吃了没"关你什么事？中国人用"吃了吗"作为问候语，相当于老外的hello，可见吃饭在中国人生活中有极大的重要性。

在广州，问"吃了吗？"，当然就是问"吃饭了没有？"，而不是问"吃菜了没有？"。哪怕现代人呼朋唤友撮一顿，说的也是吃饭，而不是说吃菜。不幸的是，现在人们以减肥和养生为名，菜越吃越多，越吃越复杂，却忽略和遗忘了米饭。光吃菜，不吃饭，在饭局上甚至家庭餐桌上屡见不鲜。本末倒置，何等悲哀！

广东人把菜叫作"餸"，是本义。菜就是用来下饭的。换言之，吃菜只是为了吃饭。也许这会被人鄙视为穷之过，但是请问有钱人，满桌山珍海味、古灵精怪的菜为何越来越吃不出味道呢？原因其实很简单，就是没有了米饭。现在大酒楼的菜牌上已经很难见到米饭二字，取而代之的是主食。既然是主食，下场当然就是被鄙视了。“爷是谁？这年代还要用主食来填肚子？”没有米饭的筵席好比一幅没有底色、没有基调的画，只是一堆横七竖八、五颜六色的颜料而已。

中国人形容一顿好饭很质朴，就是四个字：饭热菜香。菜如何才算香可谓见仁见智，众口难调。“饭热”看起来简单，但在很多地方你就是吃不上那一口。哪怕是热的，但是微波炉“叮”出来的，也完全没有了吃饭的享受。

我自从告别了童年，几十年来一日两餐，无论是在家中还是外出，能吃上好饭的机会不算太多。童年、少年时觉得饭香不是因为米好——那时供应的都是三级米，感觉到饭香只是因为饥饿。在学校读书的时候，男同学最大的幸福就是有女同学赠送饭票。记得有一次，我一顿竟然吃了一斤二两米饭！谢谢那位送饭票给我的女同学！

纯粹吃饭的享受，我认为有两个层次。第一个层次是饭的本身。米香，饭感，咀嚼的顺畅感，吞咽的满足感。第二个层次是给全套菜式铺垫好底色，赋予宴席一个完美的基调。唯其米饭好，菜才有机会出彩。味道越是浓烈的菜式，越需要一碗完美的米饭作铺垫。

做饭比做菜要难得多。佳肴易得，好饭难求。菜的味道可以调出来，烹调就是这个意思。但是饭的味道无法调制。除非你吃的是油盐饭或者煲仔饭，而我这里说的是白米饭。一碗好饭，唯一的求索之道就是米要好，煮饭的功夫要到家。现在各种各样的米琳琅满目，像什么泰国香米的品种，以前只听香港亲戚说过，现在随便都可以买到，但是做出来的饭也不见得怎么样。也许是现在嘴刁了，米饭再也吃不出惊喜，但是我依然是个“饭桶”，每顿必须有米饭。

童年最有爱的声音是黄昏时刻小巷里各家各户喊孩子回家吃饭的声音，那声音此起彼伏：“虾仔返来食饭啦……”“大头成返来食饭啦……”母亲或者奶奶们悠长的尾韵很好听，在暮色中飘荡。现在，虾仔、大头成们都长大成人了，却对米饭不感兴趣了。母亲们、奶奶们会伤心吗？这多像一个人满怀理想从青春出发，人到中年时却只剩下柴米油盐和满腹牢骚了。哦，柴米油盐当中还缺了米。

如果真有一小包很好很好的大米，您会用来给自己做一顿很纯粹的饭吗？您有多久没有大口大口地吃饭了？就一小块豆腐乳，吃一碗香喷喷的白米饭。如果您愿意的话，我愿意帮您去把这包米找回来。今年的稻田已经开镰了。

夜深，我饿了

09.09
2017

多少年来，夜深人静时分，我不是读书就是写作，偶尔也与朋友一起消夜、吹水。孤灯孑影时，饿的感觉便逐渐浮上来，假如不济之以食，那饿的感觉就会杀了睡意，也杀了诗意，夜于是就会变得索然无味。

古人说的“红袖添香，银簪剔烛”，那端的是浪漫非常的文人之夜。现在估计遍寻中国也难寻到这样一幅图景了。

夜愈深愈黑，和饥饿感一起浮起来的是孤独感、无助感。无助到连思考都懒，唯一的愿望就是填饱肚子——人被淹没到最原始的欲望之中。

下乡的时候，我的消夜是面，以半干湿的碱水面为上品。那时候每次从广州市区回到农村，书包里装的都是面饼。油灯（不是电灯）下面，是一个喷发着刺鼻的煤油味道的火水炉，一个小锅，一块面饼，一撮盐，一点味精，几滴酱油。吃饱了，就继续与莎士比亚、关汉卿之类的人物为伍。困了，就在蚊子的叫声中睡去。这是乡村的长夜。

四十年就这样过去了。现在我的消夜依然是面——方便面。各式各样的、宽的窄的、南方的北方的面条。我不会做饭，但是渌面很是拿手，毕竟有四十多年的“专业工龄”了。我也不会煎蛋。如果在渌好的面条上放一两个煎蛋，那应该是很美味的。我另外一样消夜的主打品种是剩菜冷饭。把中午、晚上吃剩的饭菜和汤放在一起煮热了，咕噜咕噜全吃下去。说来也怪，一日三餐，就这一餐吃得最多，一大碗！

几十年来，我都习惯时近中午才起，因此基本与早餐无缘。中午饭一般都是当早餐吃，可能刚刚起床的缘故，胃口不太好。而晚饭呢，又经常是和人家谈着事情吃，饭菜再好，都是食不知其味。唯有到消夜时，肚子真是饿了，人又是无牵无挂地专心去吃，所以饭量会大得惊人。

真是怀念二十世纪八九十年代的佛山南堤：大排档连绵不断，香气四起，炉火熊熊，吃消夜的人们直到将近天明才逐渐散去。广州能够和南堤相媲美的是大沙头的西贡渔港，大排档和酒楼也是沿江一字排开。夜幕降临，人声鼎沸，想吃什么都有。

现在，无数茶楼、酒馆晚上九点半就开始关空调赶客，十点钟准时关门。在佛山一些成行成市的所谓美食城，晚上过了九点，想找有饭吃的地方都难了。

我忘记了是哪一年的元旦，约莫是二十世纪九十年代的一个元旦吧，我在汕头采访。我们几个记者上街去吃消夜。一档一档的大排档吊着一条条、一块块的鱼，炉火熊熊，好吸引人。

我们随便找了一档坐下来之后，我走去跟老板借火。老板年轻的面庞在熊熊炉火的映照下是神采飞扬！

还有一个冷雨夜，在电台录完节目之后，一个同事说带我去吃最好的肠粉。都凌晨三点了，那家几乎没有一张凳子是完好的肠粉店，食客居然还是里三层外三层。人们打着伞，端着碟子，就站在寒风冷雨中吃。路边还停着一溜豪车。

啊，那一去不复返的年代！那些一去不复返的大排档！！

只好回到孤灯之下。渌面，渌面，渌面。只要不杀了诗意，只要不杀了睡意。

熬夜时全世界都安静了
真好啊
如果这时不饿的话
那就更好了

小林漫画

祝福我们自己

11.16
2021

曾几何时，“几转几响”成为“猿人家庭”和“人类家庭”的分水岭。哪“几转”我忘记了，手表算一转，自行车算一转，衣车好像也算一转。一响，可能是音响，记不清了。还有就是“几条腿”，沙发几条腿，男装柜几条腿，酒柜几条腿之类。说从猿到人是开玩笑，但是这些“转”和“响”，折射出改革开放前后广州人家庭生活的变化或者说是家庭生活品质的提高，确是真的。

俱往矣。现在这些“转”啊“响”啊都不成问题了，是寻常人家的寻常标配。衣车甚至退出了家庭，自行车也不是每家几部了。“没有被偷过自行车的不算广州人”之说也成了历史的笑话。生活在继续。“家庭新三宝”应运而生。

所谓“家庭新三宝”，就是洗碗机、干衣机和扫地机器人。这些玩意刚问世的时候，被嘲笑为鸡肋。

先说洗碗机。坚决反对它的基本就是我的同龄人。他们比较保守，反对的理由是手洗更干净，几个碗，没有必要花几千大元去买部机器来洗，而且还浪费水电。

但是家有洗碗机的人却越来越多。用钱投票是真的票。

洗碗机的好处不用说。热水洗碗，就是手洗，也胜冷水洗碗一筹。洗碗机利用高温、高压加上专用的洗碗剂，从洗碗效果来说，手洗肯定胜不过。现在小家庭多，男女都要出门揾食，洗碗的确是负累。万一有客人来，吃完饭一大堆碗碟，手洗更是折磨人。洗碗机应运而生。哪怕没有客人来，哪怕就是小家庭，早餐、午餐、晚餐的碗碟加起来少说也有十几个，晚饭后一起放进洗碗机，何乐而不为？我相信，日子有功，洗碗机一定会变成广州人厨房的标配，就如电饭煲、微波炉、空气炸锅一样。

接下来讲讲干衣机。从小到大，在阳台、天台晾晒衣服是我们的共识。甚至有人家中狭窄，没有地方晾衣服，就直接晾在街上了。其实，晾衣服也是轻功重罪。一家大小的衣服，要慢慢抖开，一件件挂上衣架，然后挂上晾衣竿，再升起来。收衫的时候，整个程序反过来再走一次。一件衫，从湿到干，没有十二个小时搞不定。而干衣机就简单得多了，把洗衣机洗好的衣服直接扔进去，一个多小时就搞定了。出来的衣服还特别松软，比阳光晒的还香。从洗衣服到拿到干净、干爽的衣服，两个小时基本就搞定了。说得不好听，备一套衣服就得了，只要不怕别人笑话天天穿同样的衣服。以前，广州人形容自己穷，衣服少，有一种讲法，叫作“竹竿上一件，身上一件”，这句话现在要改写了，“身上一件”就够。

干衣机干衣与自然晾晒相比，还有一大优势，就是干净。现在外面空气中尘土大，衣服在外头晾晒十几个钟，真是难保干净。而干衣机就杜绝了这个隐患。另外，广州一年有三几个月都是潮湿无比、难见阳光的，遇到这样的季节，干衣机简直就是恩物。现在，干衣机的普及率还是很低。走在大街小巷，眈天望地，所见还是晾满衣服的阳台居多。

最后就是扫地机器人了。这个东西像玩具一样，可以自动扫除家中地板上每个角落的垃圾和灰尘，还会自动回到充电器旁充电，可以说是最生性（粤语，意为懂人心意）的家用电器。我朋友中买扫地机器人的比买洗碗机的和干衣机的多，吐槽的也最多。

家庭的电气化过程其实就是一个自己解放自己的过程。这事与自己赚钱、存钱的进程有关，与别人的贫富无关。反正或迟或早，这几样东西都会进入你的生活空间。就如微波炉，现在谁还当它是稀罕之物呢？

平民百姓，生活不会是大江大海，沙滩上没有被浪花卷上来的金银珠宝。能够不时捡到一只漂亮的贝壳已经是上天的眷顾。但是，只要生活还能够继续，面包会有的，牛奶也会有的。洗碗机会有的，干衣机会有的，扫地机器人也会有的。

祝福我们自己。

珠江边下班回家的人
心里都带着彩虹

小林漫画

那时的火

11.12
2017

前几天在一家酒楼吃饭，已经接近打烊的时间，旁边那桌还有几个老人家在旁若无人地大声讲小声笑，回忆他们童年时生煤炉的趣事。

煤炉？什么鬼东西？

很久很久以前，家家户户做饭都是烧柴的。因此柴炉是厨房的标配。现在烧柴做的饭叫作柴火饭，很多小资去了农庄都要吃的。那时候我们每餐吃的都是柴火饭。你看过去的时光多么美好。

后来时代进步了，家家户户就不烧柴，改烧煤了。一开始烧的是自制的煤球。每到阳光灿烂的日子，家家户户就在巷子的路面铺上报纸，有的甚至直接在路面上制作煤球。先用水把煤粉开成糊状，然后用手捏成一个个煤球，摊在马路上晒干。为了节省煤粉，有的人还在煤粉里掺黄泥。至于煤粉、黄泥和水的黄金比例，各家都有各家的高招，都是秘而不宣的家传秘方。再到后来，有机制的煤球卖了，就不用在马路或者阳台上做煤球了。再后来，时代又乖乖地进步了一点点，烧蜂窝煤了。现成的蜂窝煤比较贵，有的人家还是坚持用一个蜂窝煤的模子和开成糊状的煤粉在马路上或者阳台上自制蜂窝煤。广州人民厉害吧。不管是去煤店买煤粉、煤球还是蜂窝煤，都是男孩子的事情。于是有一种车——轴承车就应运而生了。它的车轮子是轴承做的，前面两个轮子固定在一条木板上，把绳子拴在这条木板上，小车就可以自由转向。没有这个车子，对不起，只好靠人挑煤了。我也挑过煤。

说了半天，烧煤炉最艰难的环节——生炉子和封煤炉还没有讲到。炉子生火用的柴是限量供应的，每户每月十斤。于是，破柴又成了男孩子的事情，柴被破成粗细不等的小块。生炉子的时候，先在煤炉里放报纸，再小心翼翼地架上细的木柴，然后再加上粗一点的木柴，点着后再小心翼翼地放煤球。然后就是扇风。俗话都有说啦，煽风点火，就是这么一回事。扇风一般用葵扇，那时家家户户的厨房里都有一把烂葵扇，就像电影里济公的那把一样。家住楼下的街坊，很多就直接把点着火但还没有旺起来的煤炉搬到街上，吹东南风时就把炉口对着东南方，吹西北风时就把炉口对着西北方，等煤炉熊熊燃烧了，再搬回自家的厨房。

广州的旧楼并不是每家每户都有烟囱的。生煤炉的时候，如果塞入湿柴或者操作不当，就会有一屋子的烟散不出去，熏得人眼泪、口水、鼻涕一起来。没有这样的经历，就不要说你是老广州人！

如果天天都要生煤炉，不但费事，而且木柴也不够用。所以就要封炉。和生炉子相比，封炉更是个技术活：晚上临睡前，用水把煤粉开成糊糊，然后加好煤，小心翼翼地把炉口封上，只留一个小孔。这个孔要留多大、多小，是个学问。孔开大了，天没亮煤就烧光了，白浪费煤不说，还得再生炉子。孔开得太小，煤炉干脆半夜灭掉，也是令人沮丧的事情，一大早起来还得生炉子，早餐就赶不上做了。郁闷吧？

这样的生活有什么美好可言？但是老头、老太们依然津津乐道。不是因为生炉子、封炉子真的有多快乐，而是因为那是过去了的时光。所有过去了的都是美好的。

时代依然在固执地进步。后来，人们不烧柴也不烧煤了，广州的最后一家煤店也关闭了。现在人们烧气了。开始是烧俗称“炸弹”的瓶装气，广州卖“炸弹”的店良莠不齐，听说还有为了抢地头而火拼的。这生意太好做了，千家万户啊。到后来干脆就烧管道气了。不用争抢，一家垄断。不过老百姓倒也方便多了，像用自来水一样，拧开开关就能够做饭。

我开伙少，喜欢用卡式炉。网上买一箱气可以用很长时间。小小炉子可以搬来搬去，野外也行，居家也行，渌个面打个边炉都方便。话说还有一种更小的野外炉具，叠起来可以放进口袋，气罐也只有一个小罐头那么大。2008年，在从四川返回广东的路上，我们因为堵车被困在山上，前不着村，后不着店，又饿又冷，就是这种小炉子烧出了热腾腾的面条给我们一彪人马御寒充饥的。在那个下雨的夜晚，多少司机问我们面条卖不卖。

从生食到熟食，用火是人类进化过程中最重要的一环。时代在固执地前进，火在固执地变化。过去的不一定真的就那么美好。

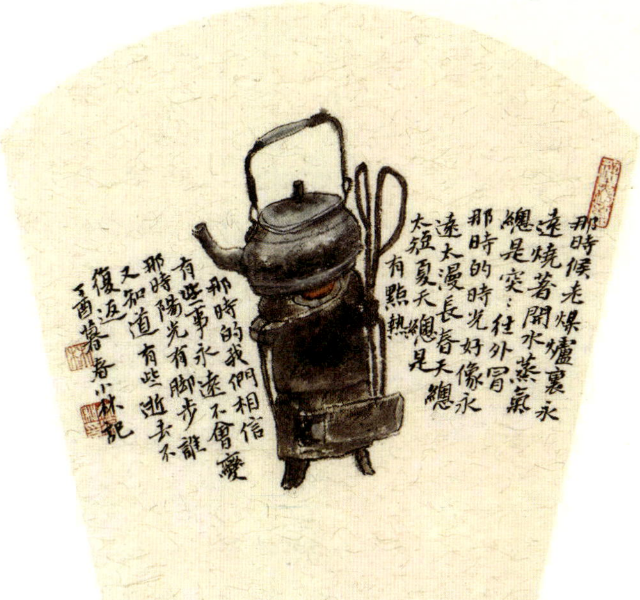
那時候老煤爐裏永
遠燒著開水蒸氣
總是突突往外冒
那時的時光好像永
遠太漫長春天總
太短夏天總是
有點熱
那時的我們相信
有些事永遠不會變
那時陽光有腳步誰
又知道有些逝去不
復返
丁酉暮春小林記

饭台茶几，匆匆光阴如幻

06.05
2023

饮食人生，天经地义。但是，并不是每个家庭都会有一个天经地义的饮食台面。饭台茶几，折射出来的是每个家庭的变迁。

小时候，我家有一张“吱吱嘎嘎”作响的酸枝饭台——很旧很旧的八仙桌，坐的不是八仙凳而是最土的条凳。到我老了，哪怕地方浅窄，我终于买了一套八仙桌，有四张凳，以怀念自己的童年。

我总是觉得，一家人齐齐整整围着八仙桌吃饭，才是家，真正的家。什么豪宅都是传说，那是别人的生活，与我无关。

小时候，我家的那张八仙桌不是买的，而是配给的。那时候住公家宿舍，一切家具都是配给的，真正是拎包入住。搬家了，所有的家具都必须留下，不能带走。

其实一张八仙桌，何止用来吃饭那么简单！它首先是我的书桌，我小学期间所有的功课都是在那张八仙桌上完成的。那张八仙桌，是我的文化启蒙平台。父母上班去了，我们上学去了，爷爷则坐在八仙桌旁喝茶、喝酒、抽烟，打发时光。大人下班了，父母亲、爷爷、奶奶，还有几个小孩开饭，依然是用这张八仙桌。夜幕降临，把八仙桌挪开，用条凳和两块床板搭起一张床，那就是我的“龙床”——所谓朝行晚拆（本当说“晚行朝拆”，但习惯说颠倒。行，粤语意为架床）——闭上眼睛就沉沉睡去。明天又是新的一天，八仙桌于是再次履行自己书桌、饭桌和茶桌的职责。

这张八仙桌名为饭台，实际功能却是复合的，是家长教仔的地方，也是家中男女主人吵架的战场。

这张珍贵的八仙桌最后哪里去了，我已经不记得了。总之，到后来，我们一家人都围着茶几吃饭了，跟很多广州人家一样。那时候，家中有饭台的不是太多。倒不是饭台本身有多贵，而是人太多，住的地方太小，根本放不下。

还记得阁仔吗？很多人家都是搭阁仔用于睡觉，白天则在屋厅里活动。吃饭的时候才打开一张用三合板做的折叠餐桌。所谓开台，说法也许是这样来的。

现在的人买楼，动辄一百几十平方米，这样的宽敞，用那时候的话来说，大到可以打关斗（粤语，意为翻筋斗），真是想都不敢想。不过话说回来，现在很多人家里都有一张饭台——时髦的讲法叫作餐台，但是依然在茶几上吃饭。饭台成为堆放杂物的平台，也许是懒得开台。

小时候真的没有见过谁家同时拥有饭台、茶几以及软沙发的，有这几件大家伙的，应该就是富贵人家了。不过，那时候也没有几家富贵的。人与人之间，家与家之间，虽然也有贫富之别，但是总的来说，差别不大。

茶几，顾名思义，就是用来放茶杯的地方，一般与沙发配套。沙发的本义是软的座椅，但是广州人坐沙发的现代史是从木沙发开始的。“一长两短”是标配，长的那张往往会做成升降床，打开了就是一张床，有客人来了就可用，或者给小孩睡。总之，穷有穷的活法，贫穷并非不开心的同义词。

我们中国人说的“客厅”，顾名思义，是待客的地方，实际上是名不副实的，因为使用客厅最多的是主人自己。而西人则说sitting room，意思是家人坐的地方。这倒是名副其实。一个人没事在家里站着或者走来走去干什么？坐着才舒服。家庭是不是人生的港湾，我不知，但的确应该是人觉得最舒服、最放松的地方。

一家人在饭台上吃饭，在茶几边饮茶，应该是世界上最幸福的事情了。饮食人生说的应该就是这么一回事，而不是吃多么珍稀的菜肴，喝多贵的茶和酒。以前的人富贵，是家中同时拥有饭台、茶几和沙发；现在的富贵人家，应该是同时拥有餐厅、茶室和书房。哈哈！这标准是不是高了一点？大家努力奋斗吧。

那时以为我们的夜会地老天荒

06.15
2019

几十年前，无数这样的夜晚，也是这样的一轮未满的月高悬，我斜靠在汽车的座椅上，静静地听着一张张CD，想象着自己在音乐旋出时的心情和话语……

节目开播的时间快到了，我收好CD碟，按播出的顺序一张张放进一个浅蓝色的塑料盒子里。

下车。关门。经过一道道警卫。静静地走进直播室的外间。等待报时信号的响起，等待与听众相约的每一个夜的到来。

“夜色，用平静装点不平静。”幸好我们有音乐，有心领神会的交谈，有等待之后的等待和邂逅。

那是几十年前我的夜，你的夜，我们的夜。

那时以为我们的夜会地老天荒。

斗转星移，月圆月缺。我们的夜并没有在电波中地老天荒。但我们却似乎一直在一起。

现在，每晚看我公众号的读者中，很多就是当年我的夜色电波中的同行人。我们在夜色中相遇，彼此惦记，从未想过会分开。

我真是很幸福！因为你们与我一路同行。

我只是一只偶尔路过你身边的一只猫，但你们却在自己的心里给我筑了一个窝。

于是，不管夜有多暗多长，我总是可以找到你们，你们也可以找到我。

那时以为我们的夜会地老天荒。其实我们的夜真的地老天荒。

好想回到从前。现在就是从前。还记得我喜欢播的那首歌吗？

《千亿个夜晚》。

我们这一代人，好得！

08.28
2020

讲到我们这一代人好得（粤语，意为很厉害），我想起了以前经常读的一段语录："我们共产党人好比种子，人民好比土地，我们到了一个地方，就要同那里的人民结合起来，在人民中间生根、开花。"

我们读书的时候，正经的课没上几天，时不时要学工、学农。

所谓学工，就是去工厂做工，或者在学校的小工厂打工。我所在的十七中也有小工厂，在饭堂附近，记得好像是小化工厂，是生产硫酸的。不知道有没有记错。当时做了什么，现在已经想不起来了。我记忆中好像还去过两间工厂学工。一间是小北路内街中的塑料厂，每天的工作是抱着味道很大的塑料鞋用刀仔削批锋，所以我对塑料味一直避而远之。第二间工厂在东沙角，也是小作坊，是生产汽车马达的。我们要做的事情是打包装，把一个个马达放进木箱钉好。另外，好像还有绕漆包线。

在我的记忆之中，学工是很模糊的，没有太多有意思的细节。唯一记得住的，是东沙角电器厂有个女工对我们很好，她说自己的儿子去海南岛下乡了，看见我们就想起她的儿子。

讲到学农，就不得不讲到战备疏散，讲到分校。记得有个听众留言说，建分校不是因为战备，显然他还年轻，不是分校的创业者。战备疏散是建分校的前奏，分校就是战备疏散的长期打算。

某年某月的某一天，学校紧急集合，全体师生到大操场开大会，说是“苏修”要打过来了，学校要紧急疏散。于是大家紧急回家收拾行李，集体坐火车到清远源潭车站，下车后辗转至从化龙潭公社上沙大队住下。同学有的住在农民的家里，有的住在大祠堂。睡的是大通铺，吃的是大米饭 。白天帮农民做农活，晚上学习一下就睡觉。

后来我才知道，在这次战备疏散，很多同学身上都藏着父母给的钱。有的同学的父母把钱缝在一个布裤腰带里面，他们就一刻不离身地把这条藏有保命钱的布腰带缠在身上。有家的孩子是个宝，可怜那时的我真是身无分文，随风飘荡。好在集体吃饭，集体开工，集体睡觉，也没有用钱的地方。

我们真的不知道什么时候才能回家。一个月就这样过去了。度日如年。有一天，刚好轮到我帮厨，就是到厨房打下手，我听到老师小声对做饭的农民说多放点油。聪明如我，马上猜到我们要回家了。我就散布了这个消息，大家欢呼雀跃。

回城的火车到达下塘西，还没有进站，同学们就按捺不住了，纷纷起身，用农民送的小芋头相互扔了起来。火车进站了，列车上响起了《大海航行靠舵手》的歌声，我们又回家了。

战备疏散之后不久，我们又紧急集合了。这次紧急集合的内容是拉练建分校。

讲起拉练，真是一壳（粤语，意为一眶）眼泪。初中生，年纪小小，要晚上八点集体从学校出发。有车运行李。每个人背一个书包一个水壶，从小北路一路步行，到从化红岗镇（今神岗），再从镇上走到山边的井岗大队。走得快的，第二天中午十二点到，走得慢的，第二天下午两三点才到。最快的也要连续不停地走十六个钟头。走到最后，脚和人都麻木了，只是望着天，机械地迈着步子。

分校的地址在一个荒芜的山头，离村庄不远。我们就住在山脚农民还没有入住的新房子里面。分校的建设真是从零开始。从零开始就是打泥砖。天寒地冻，光着脚在放了水的田里面踩泥，叫作“炼泥”。农民看不过眼，说：“这么冷的天叫学生落田踩泥，这是牛做的事啊嘛?！”于是牵来几头牛，和我们一起踩。

我们的分校就是这样一砖一瓦地盖起来。直到上高中，我们还必须轮流到分校上课。

那时候，不怕学生错别字连篇，不怕学生分不清每秒和每秒每秒的区别，就怕学生四体不勤、五谷不分。

命运就算颠沛流离，我们这一代人也没有福气随遇而安，却有勇气和能力随遇而搏，拼搏的搏。无论命运将我们这粒种子撒到多么贫瘠的土地上，我们都努力生根发芽。

读的书多，返的学少，是我们这一代大部分人的真实写照。没有大学上就自学。那时候，广州珠江边的业余大学，每晚人流如鲫，灯火通明。广州图书馆更是一位难求。白天是艰苦人生，晚上是艰苦学习。这种学习的艰难，这种学习的毅力，这种学习的热情，叫今天在大学里面混日子的学子情何以堪？我们这一代人的青春，有多少人是在手不释卷中度过的？

我们这一代人，命中注定职场没得选择。但是，我们当中的绝大部分人，做工人是个好工人，做农民是个好农民，做老师是个好老师。崇尚业务，崇尚能力，我们吃了很多亏，我们的人生也收获了许多。在城市长大的孩子，上膊担谷一百多斤，在田基上健步如飞；耙田、插秧、中耕除草、割禾样样没落后于农民。技术革新者、土工程师，到后来的“星期天工程师”，这是多少人的生活轨迹。想起来，我们的人生，除了感慨的眼泪，还处处充满着自豪。

读书不多，识礼不少，又是我们这一代人的人品写照。以礼待人，用善良面对残酷的人生，多少人这样做了！但总是风过无痕，施恩不图报。总之，我们人生的格言是“莫以善小而不为”。

我们老了，我们不能够以无知为荣，但是我们可以为自己奋斗的一生、智慧的一生为荣。我们以自己在人生路上一路收获的爱和温暖为安慰。老了，我们更要抱团取暖。

街坊万岁

06.01
2023

我有一位同学，年龄与我相仿，明年也七十岁了。她卖掉了自己的房子，一直住在租来的房子里。那是没有电梯的八楼，她每天上街买菜都要爬上爬落好几回，但就是不搬。何故？她舍不得自己收养的八只流浪猫，更舍不得自己的街坊。

说广州人重街坊情谊，这就是个典型的例子。

“街坊”这个词曾经消失了好多年，是我把它复活了。这也算是我对广州文化的一个小小的贡献吧。

当年，电视节目《新闻日日睇》开播之前，我在构思：如何称呼我的观众呢？很久很久之前，广州人都是互称街坊的，后来不管男女老少都变成了同志，电台就以职业称呼不同的听众，比如农村干部同志们、社员同志们、工人同志们等。改革开放后，人与人之间的称呼变成了显得有点生分的先生、小姐，后来又互称老板、老细。

其实，同城而居、隔篱邻舍，互称街坊是最合适的，亲切而不过分亲热。随着《新闻日日睇》这个电视节目的一炮而红，街坊这个称呼被成功复活了。2006年，我在文昌北做过一个题为《蜕变》的电视实验晚会。一台大吊车上挂出两条大标语："G4两岁""街坊万岁"。现在我已经离开电视荧幕很久了，但城中媒体依然把市民称为街坊。

可惜，街坊这个词现在只是存活于我们的口头，已与我们渐行渐远。以前，街坊之间，相识往往延续几代人，知根知底，守望相助，我煲汤送你家，你煲糖水送我家。小孩过家吃饭、睡觉，是为常事。街坊情比金坚，所谓远亲不如近邻。现在，同居一楼的人互不相识，铁门一关，住了十几二十年，都不知道对门姓甚名谁。

曾经有道：宁要河北一张床，不要河南一间房。随着历史车轮滚滚向前，广州的老街坊纷纷迁往河南。河南的老广州气息越来越浓，无论是语言还是餐馆的出品。河南的楼价越来越高了，于是老街坊、老广州继续迁移到芳村、平洲、增城、清远……

人气散了，街坊味道就淡了。

以前有个大事小事，人们自然而然地求助街坊，如果事情再大一些，则求助居委会。"居委会大姐"这个词很多人也不记得是怎么回事了。干练麻利、做事风风火火又热情十足，在居民中威望十足，讲到为人民服务，"居委会大姐"一定可以拔得头筹。

街是物，坊是物，都与城市的空间有关，但是街坊二字合起来却成了人，成了人与人之间的关系。中国文化博大精深。

今天是六一儿童节。说起街坊二字，我的回忆更多停留在儿时。街坊，这是一个与时间相关的概念。各位散落四处的老街坊，你们还好吗？天气炎热，多多保重！不管几岁，街坊万岁！

好好生活

慢慢相遇

小林漫画

人生何处不相逢

07.02
2021

这些天一直在忙着追寻岁月。具体地说，就是淘自己当记者的时候用过的录音机。

做主持人会让很多人都知道你。但是做记者，没有几个人认识你。不过对于我来说，做记者的时候才是职业生涯中最值得怀念的时光。

2017年的时候，我偶然在网上淘到一部索尼TCM-5000EV专业录音机，品相很好，用起来也非常优秀，就像新机一样。这是我做记者时用的最后一款录音机。淘到之后，这部机器就一直放在书架上，试了一下机就没有再动过它了。

2017年离现在已经很久了，我又老了几岁。但我对工作录音机的情结却越发深了起来。

我入行做记者时使用的第一款便携式录音机是德国产的UHER开盘录音机，很重，音质非常好。到目前为止，我用过的录音机中，没有任何一部（包括之前做“一个人的电台”所使用的数码录音机）的音质可以超过这部UHER机。我于是一直在找。可惜年代久远，怎么也找不到了，留下了一桩心结。

然而，前几天，故事开始了。我终于在某天凌晨两点多时，在一个商业平台上找到了一部UHER 4200。我也没有与卖家沟通，直接就下单了。

谁知道卖家也没睡。

他说："不好意思啊，这机子现在出不了了。"当即关闭了订单，退款给我。

我问："怎么啦？"

卖家说："我已经打包准备明天发回老家了。实在抱歉，不太巧。"

我说："明白了。我四十年前用的这款录音机，刚看到欣喜若狂。也是情怀。"再问："能想想办法吗？"

卖家说："整个大包裹是取不出来了，等寄回我老家拆开就行。"

我说："如果您到老家后拆包发给我就好了。"

然后，我们就商量起来了。最后我恳求："我再拍一次吧，您什么时候可以发货？"

没想到峰回路转。卖家说："算了，看您这么迫切，我明天开箱吧。不等了，大不了我重新打包一次。"

在凌晨，我们继续聊着机器的事。

卖家说："东西得跟对合适的人。"

我说："这部机器，我是最合适的人了。"

他说："是的，我看人准。能在凌晨两点多毫不犹豫地拍下，我知道非同一般。”

我们就又聊起了收音机。原来他也是收音机爱好者。我们的话题就更多了，彼此还加了微信。他一夜没睡，一早就打包发货了。于是，我朝思暮想的UHER机就来到了我身边。

故事还在继续。

这部机到手后，我把图片发到电台旧同事群里。老一辈播音员韦东说，她刚进台的时候，就是用这型号的录音机来录节目的。啊，原来这部小机器还做过录音室里面的主力机啊？我这是第一次听说。

我现在才明白，为什么当年这么好的机器会配给记者用，原来是从录音室更新换代下来的。我真是有福气。其实，那时候并不是每个记者都有机会配一部，不谦虚地说句，领导说我的声音好，干活又快手，所以专门给我配了一人一机。

这部神奇的录音机到手了，还缺个话筒。德国录音机的话筒接口很特别，是七针的。现在通用的6.5、3.5、卡侬头全部不能用。在寻找它的路上，我走进了误区，用了两天的时间，到处找七针转卡侬头的话筒线。结果郁闷极了——没有结果。后来我改换了寻找的路径，干脆找原配的话筒。没想到，也是走进了一片沼泽，没有结果。现在玩开盘机的人，只是用它来听音乐，谁会需要这个偏门的话筒啊？

然后，我就想到了题目上的这句话：人生何处不相逢。不要太迷信网络的搜索功能，要去找人，找行家。于是，我先搜索UHER机的卖家，一个个发信息求购。

这一招果然奏效。一个卖家回复我说可以帮我找。我喜不自禁，连忙道谢。在他的帮助下，现在这个话筒已经在从德国到我家的路上了。

但这还不是最神奇的。

最神奇的是，这个话筒的卖家居然问我，是不是电台的主持人?！哇哇，我没有透露半点啊。原来，他和卖录音机给我的那位小朋友是熟人！世界就是这么小!！人生何处不相逢!!!于是我们彼此又加了微信。

两个小朋友，一个“00后”，还在上大学；一个“90尾”，已经出来工作，都是痴迷收音机的人。他们真是幸福，我在他们这个年纪，什么都不懂。

在收音机的世界里，人不管怎么走，遇到的总是人——志同道合的人，不管多么遥远多么陌生，总能走到一起。声音也好，制造声音的机器也好，都是媒介。

我想起了当年做《夜行人》这个节目的时候，要使用网络聊天室——现在好像已经没有了。当时中国最火的网络聊天室是碧海银沙聊天室，但是需要提前预约，晚到就没有了。所以每天的预约成了我最沉重的负担。

某天晚上，我收到一个陌生人的信息，说以后每天你都不用担心，我帮你提前订好聊天室。我真是大喜过望。世界各地的听众都可以在这个聊天室里聊天，交流自己对生活和世界的看法！那真是一段广播的黄金岁月。互联网初现就已经显示了信息传播的巨大威力！直到很久很久以后，我才知道，这位来自远方的神秘好人是碧海银沙的管理员！不知道他现在可好？

现在，看我的公众号“扣舷独啸”的“村民”，很多都是当年我电台节目的听众，真是不容易啊。当年我们一起共渡台风之夜，现在一起共渡疫情。当年他们是躲在被窝里偷听收音机的中学生、大学生，在工厂宿舍里听收音机的外来工，现在大多为人父母，在广州和珠江三角洲安家立业了。不知不觉，我们已经一起走过了三十多年的时光。

待话筒到货，我一定用这部充满了故事和情怀的录音机给大家做一期节目。

时光不老，我们不散。

若是初心未改

一锅煲仔饭亦是浪漫

贰

赏心乐事

宁要河北一张床，不要河南一间房？

10.27
2016

二十世纪八十年代，广州流行着一句话：宁要河北一张床，不要河南一间房。现在呢？如果在河南拥有一套房子，就是幸福。河南，变成了老广州人的聚居地。而河北则是越来越不像老广州了。

广州人讲话很有意思，把珠江说成是海，江边叫作海皮，又以珠江为界，把广州分成河北、河南两大部分。那为什么不说江南、江北呢？是不是广州人忌讳江？这个要留待专家去考证了。世界上每一座伟大的城市都有一条伟大的河流在其间穿过。广州当然也不例外。

以珠江为界，河南穷，河北富。河北集中了最大量的城市优质资源，而河南生活很不方便。这是二十世纪八十年代的实情。河北就是过去的越秀区、东山区和荔湾区，河南就是现在海珠区的大部分地区。我小时候，河南、河北之间只有一座桥，就是海珠桥。记得人民桥通车成为城中最盛大的事件。现在桥多了，大家感觉不深刻，其实海珠区，也就是河南，本就是一座江中小岛，四周是珠江的前后航道。

很早的时候，河南只有农村和农田。中华人民共和国成立后，河南变成了工业区，贯穿河南的工业大道用它的名字告诉了我们这段历史——广州短暂的工业史。由于小岛的环闭地形，由于不是农业就是工业，河南的商业气息一直不浓，因而家住河南生活也必然不便。记得“文革”时，我骑单车去珠影看大字报，过了海珠桥不远就没有柏油路了，随后一直到珠影全都是黄泥路。因此，就有了“宁要河北一张床，不要河南一间房”这句话。每天早晚上下班高峰，海珠桥人头涌动，自行车铺满了每一寸的桥面，人们像潮汐一样，上班时涌向河南，下班时回流河北。那时的广州只有三百万人口，绝大多数居住在河北。

现在的广州至少有一千六百万人口了。河南变成了老广州的聚居之地。这是一种历史性的退而求其次。但是有人就有人气，有人气就有市场。河南也就在这一二十年中兴旺起来了。行走在江南西商业大街上，商铺灯火辉煌，人流摩肩接踵，根本分不清身在河南还是河北。宝业路上的“夜宵一条街”灯火通明，许多人甚至专门从河北跑过来吃夜宵。河南有充满小资情调的太谷仓酒吧街，历史悠久的中山大学，多少未来艺术家向往的广州美术学院，还有河南尽头的小洲村……海珠区成了广州版图上的一颗熠熠发光的明珠。人挪死树挪活的老话被颠覆了：老广州从河北挪到河南，不要说人，连河南都活了。

最新的资料表明，广州10月新房均价为20341元每平方米，海珠区10月新房均价40593元每平方米，广州楼价最贵的天河区10月新房均价50773元每平方米。看到这，你还说“不要河南一间房”吗？

一说起广州有多好，人们提起的不是西关，就是小蛮腰。噢噢，别忘了，小蛮腰还有琶洲会展中心都在河南。但是人们一般都忘了，只是把它们当作广州的象征。以我个人感觉，现在的河南才是最有老广州味道的地方。

人在哪里，历史的味道就在哪里。老广州人在哪里，老广州就在哪里。房子和街道都只是外壳。

每一个街角
至少都有一片绿荫
能让你清凉一夏

番禺，你只在我梦中

11.02
2016

番禺给我的感觉好像一直都是在梦中，或者说番禺只在我梦中。我一直没有在番禺工作或者生活过，但是对番禺却总有一种莫名的亲切感。

现在想起来，或是因为童年时我家阿姨是番禺沙湾人。她的头发永远梳理得那样整齐，穿衣永远是如此洁净。她说话从不让人觉得绵软，但却永远和蔼，而讲起道理来永远是斩钉截铁、不容反驳。她甚至和我爸爸都是直话直说，该批评就批评。她待我们亲如子女，该管就管，该教就教，该骂就骂，永远饿不着我们，永远不让我们受一丁点的委屈。一句话说到底：全都是爱。所以她的沙湾口音是我感觉最亲切的口音，虽然番禺不是我的乡下。她做的一日三餐奠定了我对粤菜的全部审美基础；她再三教导过我的为人处世之道成了我的生活信条。我一直记得阿姨的名字叫李泳流。她早早就没了丈夫，只身一人在广州做保姆，拉扯大了唯一的儿子。他的儿子很高、很帅、很斯文，长大后在沙湾教书。我的人生启蒙老师只有两个人，一个是我的奶奶，一个就是她。现在回想起奶奶和阿姨在我身边的日子，还真想流泪。

我人生第一次踏足番禺是在二十世纪七十年代初。我读师范的时候，一次写作采风我们去的是番禺沙溪，寻访卫国尧的英雄传说。

卫国尧（1913年8月6日—1944年7月26日），广东番禺人，出身于地主家庭，早年曾到东京帝国大学政治经济系深造。1944年4月，卫国尧任广州市区游击二支队新编第二大队大队长，率部在禺南打游击。7月，所部遭日军一个联队包围。他率部浴血奋战，毙伤日军70余人，打退敌军多次进攻。后在突围战斗中牺牲，时年31岁。

我还记得他牺牲的那个地方叫作植地庄，现在网上还能搜索到植地庄血战的资料。前几年，我曾看着地图驾车去寻找沙溪和植地庄，地图把我指引到一个完全陌生的地方，那都是楼了。我在二十世纪七十年代见过的田野已经消失无踪。

番禺给我印象很深的，还有一件事：二十世纪八十年代初，我陪同一位英国广播公司（BBC）的记者去番禺采访。那时候还没有洛溪大桥，从广州过番禺必定要过渡。我们在渡口等了很久，那位BBC的先生很严肃地说："你们应该要在这里建一座大桥，时间是最宝贵的资源，比钱重要得多。"多年后，洛溪大桥建起来了，因为收费问题，还不时成为广州新闻的头条、二条。结果收费问题还是不了了之，现在也没有人追问了。我们逐渐忘记了洛溪大桥带给我们的方便，却永远记得洛溪大桥上每天的堵车之痛。

其实，番禺还与广东广播历史上的一件大事有关。因我也算是亲历者之一，这件事在我的广播生涯中留下了最难忘的记忆。1985年前后，广东广播的改革到了攻坚阶段，成立了羊城商业广播电台筹备小组，后来“商业电台”的暂定名不被上级接受，改为珠江经济台。珠江经济台的出现改写了整个中国广播业，从节目样式到生产流程都发生了根本性的革命。这是后话。为了给珠江经济台拿到“准生证”，即报批，八人筹备小组在市桥番禺宾馆秘密扎营，躲开各种干扰，昼夜开会筹划。诞生在番禺宾馆的珠江经济台报批文件通过了，八人小组成员有的进入了珠江经济台工作，有的被拒其外，我为此吃尽了苦头。这也是后话了。其实，当时说是秘密扎营，但省委宣传部派员全程参加了我们的会议，其身份类似观察员，只听，不说。说起来也巧，这位观察员我从小就认识，是我母亲的同事，我叫他潘叔叔。后来他也调到了电视台，并且做了领导。二十多年过去了，当年的八人小组成员相约在番禺宾馆再聚，我们都老了。我们都为能够亲身参与这一改写了中国广播业的大事而感到骄傲。

2005年，《G4出动》策划的《走进同德围》的特别报道奠定了这个电视节目成功的基础。正是在番禺的沙湾，我登上了为这个报道航拍的直升机。

番禺还有两个我很喜欢去发呆和跟朋友相聚的地方，都是在江边的酒吧。我不喝酒，但是坐在那里真的好舒服。有一家是在江边的西餐厅，我在电视台工作的时候，《G4出动》的很多大事都在那里讨论。我永远记得那里的烛光。

说到番禺，不得不说番禺奇人九爷。他做过官、经过商、写过剧本，出口成章，强记博闻。洞察世情不说，更是番禺和广州的一本活字典。第一次见他是在他开的餐厅里。我与他一见如故，对他佩服得五体投地。后来我请他上过节目。他给我的印象是他认识番禺的每一棵草，知道番禺每一块石头的来历。

当然，说起番禺，就不能不说长隆，不能不提及长隆、汉溪金三角，现在还要加上广州南站。无论是地理人文还是商业文化，这里都正在成为广州最有活力和最有吸引力的地方。如果说看好广州未来的话，我首先看好这里，而不是什么珠江新城。这个金三角地区的社会、经济和文化肌理的丰富性和成熟性，以及巨大的发展潜力，广州其他地方无可企及。

番禺一直在我的梦中。在我过去的梦中，在我对未来广州的梦里。

又见炊烟

09.30
2022

节前去从化住了一天。这短短的行程勾起了我对从化的回忆，也留给了我许多的新印象。

以前的广州行政区划比现在的简单得多，中间是“老四区”（越秀、荔湾、东山、海珠），再加上“两县一郊”（两县就是从化、花县，一郊就是郊区）。

要认识从化也很简单，顺着广从公路由南向北一路走，沿路是各个公社，后来叫镇，现在叫什么就不清楚了。打头阵的是太平场（现在叫太平镇）；跟住就是神岗，我们读书的时候一度改名为红岗公社——因为世界上没有神，后来又将这个名字改回来了；然后就到街口，旧从化县城；离县城最近的是江浦，然后就是温泉、良口、吕田。再走就是邻县新丰了。这是少年时的记忆。鳌头镇不在广从公路的沿线，也许这是唯一的例外。

大概在1975年我就去过从化。那时是去温泉疗养院看望我的母亲。疗养院前门有一座桥，我还在那里拍了一张照片。

现在这张照片早已不知丢到哪里去了。前天经过温泉疗养院，看见那座桥还在，也曾有几秒冲动想停车再拍一张照片，最终还是让汽车驶过这段历史的陈迹不停留。一切都已经过去，再拍一张照片又不能挽回时光，就算能够挽回，也绝不是好时光。

温泉镇已不是我记忆中的样子了。一路的酒店小商铺和林荫道，热闹得很。车行近山边，一排排精致的小别墅顺山而建，推门一看，是南方民居少见的四合院样式，又不同于北京的四合院。小院里花草繁茂不用说，有的还有小鱼池，家家户户都有温泉泡池，里头三面是两层小楼，还有一面大门朝街。这些小别墅的主人们很多都是广州人，大家熟口熟面，说话百无禁忌，有什么事招呼一句就众人相帮，一时间我仿佛置身于广州的旧街巷之中。

刚坐下，同行的庆哥就被人叫去放鱼了，我也跟着过去看热闹。主人很热情，四门打开，招呼来客。鱼放好，药下罢，主人便热情邀请我们进屋喝茶。他和这里的很多业主一样，都是广州街坊。于是，茶一冲，话匣子一打开就停不下来了，大家一直聊到太阳偏西。

到天齐黑了，我们开车去吃饭。一路上车灯劈开黑暗，在竹林中前行。我想起了下乡时的农村，也是这样黑，这样静。在一家农家饭店，我吃到了自己钟爱的紫苏焖山坑鱼！

晚上，在山里头除了喝茶、聊天，没有什么太特别的消遣。我自然而然地聊起了吕田。我读过的广州师范学校的分校就在吕田马鞍山。我还在这里过了一个革命化的春节。

吕田给我留下的最深印象就是山。那时候，过了良口到吕田，汽车要翻过很多山，最惊险的是四十八坳，山路弯弯，汽车往山下爬，坐在车里的人透过车窗往下看，可以望见下面盘山公路上的一辆辆爬行的汽车，路上还不时见到翻车的现场。听说很多广州司机都不敢开这段路，要请当地的司机做“替枪”。

就这样，温泉之夜像流溪河水一样，慢慢地流淌过去了。

第二天，从化真的让我吃惊了。汽车驶进了一个很普通的村庄，这里的民居相邻，拥挤而建，中间剩下的就是一条狭窄弯曲的村路。驶到这条悠长的村路尽头，眼前却豁然开朗。我们的车停进了一个灯光明亮、有点气派的大楼的前院。紧接着，一位普通话和粤语转换自如的山东姑娘开着电瓶车，带我们参观这个名副其实的现代企业。我们在路边看到一个不锈钢做的巨大的大米模型。姑娘边开车，边指点着路边的建筑告诉我们：这里是游泳馆、拳击馆、室内足球场，那里是大米的恒温仓库、谷粒不落地的加工厂……最后我们来到一个巨大的展厅中，沙盘再清楚不过地告诉我们，这里不光是生产优质丝苗米的基地，还有教育、农业旅游、民宿等其他产业。更让我吃惊的是，董事长告诉我，这一切都是他们在疫情之后搞起来的，仅仅用了两年多的时间！

对于从化，我有太多太多的回忆，而几乎所有的回忆都与这块土地的贫瘠相连。但这些回忆都在此刻翻篇了。

眼前所见所闻，让我想起了一句老话：“禾秆冚珍珠！”珍珠就是这里出品的丝苗米！

少年时，我在从化学会了插秧，学会了割禾。而在自己成了一个老人家的时候，我看到了一个机械化、信息化的现代农业企业。同是一粒米，味道完全不同了。晚上，我吃到了由这粒米做成的白米饭。

我们一起上街卖唱吧

01.09
2021

我喜欢晚上的二沙岛。那里是广州的天堂，一个很梦幻的地方：江边可以停车，前面是广州大桥的灯光，身边是珠江的粼粼波光，对岸是万家灯火，一边是星海音乐厅。人行道上有孩子，有老人，有年轻的父母亲；有骑单车的，有席地而坐的，最重要的是有歌声！每晚总有人在那里卖唱！《海阔天空》是几乎每晚卖唱者们的必唱曲目。

今天我
寒夜里看雪飘过
怀着冷却了的心窝飘远方
风雨里追赶
雾里分不清影踪
天空海阔你与我
可会变
……

歌者总是用南腔北调的粤语在忘情地唱，听者总是轻声用心应和。每一个夜晚。二沙岛。春夏秋冬。

广州很大，二沙岛很小。这边是殿堂级的音乐厅，那边就是江边的游戏摊、零食摊、自行车道和卖唱的歌声。整个广州的温情和包容都放在了小小的二沙岛。叫我如何不爱她?

在音乐厅里歌唱和在江边卖唱是完全不一样的事情。在音乐厅里唱歌的要专业，要有分量，有音乐专业的尊严。而在江边卖唱，只是来去如风，只要有一道缝隙，风儿就是自由的。我最享受的广州生活方式之一，就是在星海音乐厅曲终人散的时候，步出这座殿堂，缓步走到对出的江边人行道，和坐在地上的街坊一起静静地听歌手自由地歌唱。任由珠江的熏风扑到脸上。任由夜深。

唱歌的歌手面前总放有一个琴盒，唱得好了，唱得动情了，听者会放下几块零钱，有时候也有整张一百的。我想起了两年前在法国蓬皮杜国家艺术文化中心前面的广场，听着一个小伙子用略带沙哑的声音反反复复唱着的就是一首歌：*Blowing in The Wind*。我去的时候，蓬皮杜艺术中心前面的小广场人很少。沙哑的歌声像一只不大不小的灰鸟在傍晚巴黎的天空上盘旋。

仍然自由自我

永远高唱我歌

走遍千里

原谅我这一生不羁放纵爱自由

也会怕有一天会跌倒oh no

背弃了理想

谁人都可以

哪会怕有一天只你共我

很多的心声，用语言表达不了；很多的感受，只有歌可以唱得出来。这是人类歌唱最基本的理由。那么，为什么要卖唱呢？因为要寻找知音，因为不愿意孤独。琴盒里的几张零钱犹如寒夜中的几滴烛泪，只有孤独的人才会懂得那微弱的光和温暖。而我止不住想去上街卖唱的念头，暴露了我内心充满孤独。想想，总是可以吧，说不定真有那一天呢，哪怕唱走调了，琴盒总是空空。

哇鬼不是鬼

07.23
2019

下了一个下午的雨，睡了一个下午的觉，醒来懵然不知身在何处。到两个我当群主的群里“爬楼梯”，浏览几千条发言。见众群友高兴聊开心笑，我也开心极了。突然想起，今天文章还没写，不知写什么，怅然若失。问群友。有群友说，就写这两班“哇鬼”怎样日日烦住你。哈哈，好题目！

哇鬼不是鬼。顺德人将调皮的小孩叫作哇鬼，甚至直接把自己的小孩叫作哇鬼，不无怜爱喜欢之意。

我对这两个群的管理非常严格，严格到不近人情。原因众所周知，但不是人人能体谅。所以在一开始的时候，遇到了一点点无理的反抗。对所谓害群之马，我绝不姑息。幸好只有一两个。准确地说只有两个。这让我老怀安慰。其实这两个人完全可以忽略不计。

我在两个群所设的群规的确很严厉，也许严厉得过分了。但是，也是无可选择。我时不时地要重申群规，群友见有新人加入，也会主动转告：不小心违规要发25元以上的红包，确需发广告请跟50元以上的红包，请大家自觉遵守。警告不是被移出群的必须前置程序。违者会在无警告的状态下被踢出群。

也许人们会认为，口无遮拦或者说能畅所欲言，上网才过瘾。这么严格的管理之下，会有快乐吗？

这几天，群里发生的事让我明白，不谈那些，聊得更开心。打个瞌睡就涌现几百条聊天记录不是夸张的说法。几百个互不相识的群友聚在一起，国内国外，男女老少，每个人都有不同的经历和专长，能够在一起聊天，那种乐趣，不言而喻。

作为群主，也作为一个传统的媒体人，我对文字语言有一点点洁癖。我不喜欢玩针对、刷存在感，也不喜欢粗野极端的文字表述。我觉得斯文讲理的风气应该在互联网上发扬。我不希望群友线下是文质彬彬的君子，线上就变成口不择言的“野人”。尽管我已经对这种现象司空见惯，但我还是在这两个群里不时做出类似的提醒。

让我感到高兴的是，群里头的聊天氛围越来越好，争辩越来越少，各自表述得越来越精彩，讲话越来越斯文。这是我察觉得到的变化。更加让我感到高兴的，是群里头所洋溢着的浓浓善意。不管是吃喝玩乐，还是婚恋育儿、老人照顾、心理咨询、旅游目的地咨询等各种各样的问题，都有高人支着教路（粤语，意为指出路子，指点）。

我是个有点乌托邦思想的理想主义者。我相信人本善，我也相信哪怕言语上有些小毛病的人，经过提醒，尤其是在友善文明的聊天气氛中，会慢慢地开始自我纠正。一大群素质好的人天天聚集在一起，就会享受到文明的快乐。这才是生活应有的快乐。

其实，互联网不是天生的语言文字的蛮荒之地。二十世纪九十年代中期，互联网开始进入中国。那时候，网聊还是在聊天室里进行的。网络聊天的文明和智慧，经历过的人都知道。互联网空间先期是文明的，后来才变得越来越糟糕，糟糕得令人无法忍受。

我好幸运，通过“扣舷独啸”这个公众号，有近千的读者可以在群里头相聚。我仿佛回到了在电台做节目的日子。那时候，听众通过短信告诉我他们的喜怒哀乐，我通过电波做一幅幅社会生活的大拼图。现在的群友互动相比当年又是一大进步了，大家之间可以即时互通信息，互相帮助。

哇鬼不是鬼，是快乐的精灵，是热爱生活的人们。我们终于有缘相聚。

相逢的意义在于彼此照亮
不然的话
一个人喝酒也浪漫
一个人吹风也惬意

小林漫画

在北纬二十三度想象秋天

10.28
2020

秋天来了。我这么说，实际上是错的。按照一般的说法，霜降过了，秋天就到尾了，初冬已经来临。但是今天早上我被热醒了，现在的气温是二十六摄氏度。

概念上的东西只是概念，皮肤的感受才是真实的。不知道是不是因为要变天——台风要来了，今天的蚊子特别猖狂。不过书上说，七月到九月是台风多发期。现在已经是十月底了，冰天雪地的北方，这季节应该是没有蚊子了。

关于秋天的形容，我从小知道的唯一的标准答案是：金色的秋天。可怜的广州人！我们这个城市四季常青，无论春夏秋冬，可以见到的一定是绿色，不同的季节有不同的绿色。金色？黄叶？红叶？不好意思，没见过。

好在世事无绝对。不知哪个好事之徒，从巴西还是什么地方，引进了黄花风铃木，让广东人见识了漫山遍野的黄花。这黄花树黄的是花，不是黄叶。更加要命的是，它在三月开花，不是秋天。广州的秋天依然不是金黄色的。

其实在几十年前，环绕着广州的秋天是黄色的。那是种植水稻的年代，成熟的水稻，秋收时分的水稻，真是遍地金黄。现在的人要拍金色的秋天，只能跑到很远的山里面去拍水稻了。据说现在去从化，可以拍到金色的稻田。这也算金色的秋天。

其实，广州还是有秋天的。炎热的夏天，早晚几乎都是一样的热，但是秋天到来之后，早晚的气温会稍稍低一点点，白天的热气也没有那么逼人。想感受广州秋天的美好，要有一颗细腻的心。

无论如何，我觉得秋天是广州最舒服的季节。尽管我们的秋天和别人的秋天颜色不一样，气温不一样。

广州的春天是最不美好的。书本上说的春天是如何如何的美好，什么大地春回，我们真的很难感受到。北方的春天的确好美丽，光秃秃的树上绽开了绿芽，寒气逐渐退去，万物复苏。但是广州的春天，又湿又冷，不好彩碰上倒春寒，很恐怖。我记得下乡的某一年，连续七十二天出现低温阴雨天气，没有阳光。烂秧死鱼，春天的灾难。

广州的夏天又太热了，热辣辣，无处躲藏的热。好在现在有冷气了，只要不到户外去，还算过得去。这就像冬天北方人躲在有暖气的屋子里一样。

有时候，南方人与北方人难以沟通，因为各自哪怕对于四季的感受，差别都是那样大。只有身临其境，北方人才会知道广州的冬天有多可怕：屋里屋外一样冷！单讲气温是七八摄氏度，北方人会笑话广州人，这能叫冷？但是进了屋里，他们就知道什么叫作冷了。现在还好一些，富贵一点的人家装上地暖；平常人家，屋里的空调也有暖风。记得改革开放初期，家家户户刚刚有了彩电，冬天的夜晚，一人披一张拉舍尔毛毯看电视是经典的温馨家庭的画面。再往前的日子，没有电视，一到冬天，人人早睡，钻被窝：身下垫一张棉被，身上盖一张棉被，还要用脱下来的棉衣压在棉被上。有的人棉被不够厚，还要用绳子扎住被脚。那就是我们童年的冬夜。

科技的进步，首先体现在衣服、被子的保暖性增强了，而重量却大大减轻了。现在很多广州人也是一张羽绒被从夏天盖到冬天。夏天有冷气，冬天有暖气，真是幸福！是居住在北纬二十三度的新幸福。

从公历十月到第二年春节是广州最舒服的季节。以前玩暗房，一旦二十摄氏度的日子到来，一定开张冲菲林、放相。这时水温最适宜，不是得加冰就是得加热水，看着温度计操作，很是麻烦。

要论季节的色彩，这个季节也是朋友圈最精彩的。北半球已经陆续进入秋末初冬，有的地方还是红叶、黄叶漫山遍野，有的地方却已是白雪皑皑。而在南半球，更像是在春去夏来，鲜花盛开的季节。蓝花楹像紫色的雪，铺满了一条条街道，一个个小镇。

有道是“万紫千红总是春”。我想象着自己在宇宙飞船上看地球，这个季节，应该万紫千红总是秋才是。我们的广州，依然还是绿色。广州人对于季节的变更感受永远都是那么迟钝。以前，秋天一到，文化公园有菊展，现在不知还有没有？

除了四季常青的广州，地球上一年四季色彩不变的地方，除了海洋就是沙漠了。北纬二十三度线附近的地区，大部分是沙漠。广州却是四季如春，这是上天的眷顾。

一湾江水绿
两岸荔枝红

秋天里探访广州未来的春光

10.11
2022

昨天下午，天高云淡，清风徐来，白云山脚气温二十六摄氏度。在这美好的秋天里，我探访了广州未来的春光。

古人说秋天是肃杀的，但是地处北回归线的广州的秋天，姹紫嫣红，一座座高架桥和人行天桥上依然花团锦簇。我有一个疑团，也是一种固有的没有更新的印象吧：广州的高架桥、人行天桥上的花儿是漂亮的，但是色彩未免单调，好像主色就是紫红色一种。广州市林业和园林局的朋友闻说之后，提议去广州市林业和园林科学研究院（园科院）看看。于是就有了这探花之旅。

一进入位于白云山脚陈田村附近的园科院白云苗圃，扑面而来的是五颜六色的怒放的三角梅，也就是广州人说的簕杜鹃。在这，花的海洋、花团锦簇、万紫千红等形容词都不够用了。

园科院院长阮琳博士、白云苗圃的温志副主任一路上给我做讲解，不仅是这里的花让我眼界大开，还有两位专家的解说也让我见识大长。他俩对广州的由衷热爱更让我感动。

为什么我说探访广州未来的春光呢？因为这里各种各样的三角梅都会陆陆续续在未来的日子亮相于广州的高架桥和人行天桥上，关键词是未来。我们在苗圃中看到的颜色就是广州未来的样子。“风物长宜放眼量”，这话一点不假。

栽花不比画画。画画的话什么颜色都可以尽情涂抹，但花是有生命的。在这么大的广州，这么多的天桥、高架桥上大面积种花，在高温暑热、汽车尾气、人类活动的骚扰下，什么品种最容易活、花期最长、颜色搭配最合理、最易于打理，学问太大。给了我最初色彩单一印象的那种紫红色花儿，应该就是最先优选出来的三角梅品种。而我在园科院看到的万紫千红的三角梅，则是高深莫测的园林科学和技术培育出来的候补品种。从品种的育成、筛选，从苗圃成苗到大面积种植，这些过程是需要时间的，有的甚至很漫长。谁都希望广州的明天会更好、更漂亮。为了这个明天，园科院默默无闻地奋斗在每一个今天。

昨天，我看到了一张让我非常感动的老照片。这张老照片拍的是坐落在山里头的一排四间破旧的平房，那就是1978年成立时的园科院。就是在这样简陋的条件下，园科院成功地开发出多花水仙、观赏凤梨等一批名优花卉。

而园科院已今非昔比。其他的不说，仅就簕杜鹃来说，园科院从云南、海南、福建、广西及珠三角等地搜集的簕杜鹃品种，现在已有300个，建立了簕杜鹃、木棉国家林木种质资源库。他们对搜集回来的品种进行观察、试验，筛选出一些适合在桥梁上绿化种植的品种。玫瑰红、金心双色、银边紫花等15个不同花色的簕杜鹃新品种已上桥。如今，广州桥梁上的簕杜鹃已经从一年开花一次到实现了四季开花。目前，广州城区已完成约350千米长的桥梁绿化、美化，增加绿化覆盖面积87万平方米。同时，广州的桥梁绿化技术已成功推广应用到深圳、珠海、福州、厦门、南宁等多个城市。

对于我这个园林的科盲来说，这次探花之旅可以说是走进了一个很梦幻的境界。我看到了好多形态各异的叶片！观叶也是美的享受啊，况且这些叶子我从来没有看到过。主人告诉我，这些观叶植物都是人工克隆出来的。

我们穿上白色的防护服，穿上鞋套，戴上隔离帽子，经过风浴，走进了一座神奇的无菌化的工厂。之后的经历我就说不清楚了。大概是一部自动化的机器把瓶子洗刷消毒好，然后装入培育出来的幼苗，幼苗在瓶子里生根长叶后，再被装入塑料袋里，然后卖到五洲四海。哈哈，我觉得自己词拙，因为我看不懂。

广州又名花城，花城中打理花花草草的人叫作花王。昨日半天的探花之旅，让我深深地感觉到，园科院才是花城名副其实的花王。除了满目争妍斗丽的花，我还有一个发现，这里的博士特别多。从局长到院长，甚至到迎面不经意间碰到的，经主人介绍都是博士。带着我们参观这家神奇工厂的，是一位年轻的女博士，她也许刚刚毕业。出来之后，我问这位广州妹："你也种花吗？"她说："种啊。"我又问："你种的花是最漂亮的吗？"她笑着答道："这里的花是最漂亮的。"

岭南春来早

看尽满城花

小林漫画

广州人的花鸟虫鱼

09.08
2020

在讲到广州人的社会与生活的时候，很多人都会说到吃啊、粤语啊、满洲窗啊、骑楼啊等。我很奇怪，为什么没有人提起广州人的花鸟虫鱼？

翻开我们童年的记忆，花鸟虫鱼难道不是每一个男孩内心深处的珍藏吗？

可能有后生会问，花鸟鱼都好理解，虫有什么好玩的？

虫有蚕虫。我们小时候都养过蚕虫，且很多人都是在鞋盒里养蚕虫的。养蚕虫，首先要买桑叶，且要细心抹干每片桑叶上的水分。据说，有水蚕虫就会死，也不知道是真是假。养蚕虫得从蚕蛋养起。蚕虫蛋很小，比蚂蚁还要小一些。看着蚕虫一条条孵化出来，会很开心。蚕虫——书上叫蚕宝宝——一天天长大，最后吐丝结茧，在绿油油的桑叶上结成一个个蚕茧，白雪雪，好有成就感。那时候，每个小学生放学回家的第一件事情，就是去照顾自己的蚕虫。

养蚕虫很斯文、很静态，而玩蟋蟀很刺激、很动态。几乎每个男生都斗过蟋蟀：将两只蟋蟀放到一个钵头里面，用绑在一条小棒上的老鼠须挑斗两只蟋蟀，它们就会打起来。落败的蟋蟀好惨，有的连大腿都给咬断了。好的蟋蟀很难找，标准是身形健硕，大腿粗壮，头大，叫声响亮，全身乌卒卒。传说中，“棺材蟀”最打得。于是，胆大的男同学就去越秀山、白云山四处挖找。胆小的就只好去市场买了。说来奇怪，我已经忘了蟋蟀是吃什么的了。

现在后生很少养蚕虫、养蟋蟀了。年轻人养蜥蜴我见过。老人家看着感觉比较恐怖，也不知道蜥蜴有什么好玩的。据说蜥蜴的前世是恐龙。就算是玩，年轻人和老人也有代沟，“白天不懂夜的黑”。既然他用心养了，一定有乐趣，这是肯定的。不要轻易判断别人，世界会美好很多。所谓美好，不是某一个人心中的美好，而是各人心中的美好。

玩鱼主要就是捉鱼、钓鱼和养鱼，也是男生“专利”。

捉鱼最过瘾的就是戽鱼。一般是在山溪，先用泥巴筑坝断流，戽干水后，就光着脚踩在泥水里用手捉鱼。好开心的事情！如果是在农村，年底干塘，人们戽鱼、捉鱼，热闹得如同过节。记得有一次干塘，我分到的鱼太多了，没有办法吃完，于是和几个知青一起把一大堆鱼放在锅里煲鱼汤，鱼肉吃不完就倒了，好浪费。我最怕捉塘鲺。塘鲺头两边的刺好利，一个不小心就会被它刺得鲜血淋漓。现在我还是不会捉塘鲺。

钓鱼则是另一番景象：没有热闹，只有寂寞。只有人和水面的对话，人和希望的对话。古人所说的“独钓寒江雪”，可能就是这个意境。

我也曾是钓鱼发烧友，那是三十年以前的事情了。记得初学钓鱼，去渔具店买钓鱼竿。老板问我要买什么样的。我说："不知道，你给我拣好的就行。"他一听，就说："你根本不会钓鱼，去斩条竹仔，我先卖几个鱼钩给你，教你怎样绑鱼钩。你钓到了鱼再来我这里买鱼竿啦。"这个老板童叟无欺，给我留下了很深的印象。

钓鱼给我人生最大的启迪就是打窝。鱼在水里面，打窝就是把水底的鱼吸引过来。能不能钓到，就看你对各种鱼的了解和你的技术加运气了。做媒体其实也是这个道理。现在做媒体的人，不管是做传统媒体还是做自媒体，都想"朝种树，晚鎅板"（粤语，借指旦夕之间就有收获），从不打窝，自说自话。现在我也有钓鱼，不过是用PS4（游戏机），从中也可以学到很多钓鱼的知识，大数据时代嘛。我也曾经在澳大利亚的船上海钓，用的是塑料鱼饵，一无所获。

养鱼最常见的就是养花手巾鱼，去麓湖抓回来放在广口瓶里养。花手巾鱼很漂亮，很粗生，会打架，据说还会吃蚊虫。讲究一点的，会养金鱼、孔雀鱼。广州人曾经时兴玩热带鱼，玩水族箱，再后来又兴起养红龙、银龙。过万元一条的银龙，据说天天要吃牛肉，也不知道是真还是假。现在银龙可能便宜了吧。广州人的富裕很多人讲，广州人的情趣也有人说，但是广州人怎样玩鱼，介绍的文章不多。可能会写文章的都不会讲粤语，所以他们对广州人的生活方式的了解也只是限于自己的眼睛在大街上所见。

以前，我很中意去行（粤语，意为逛）芳村的花鸟鱼虫世界。在水族区，光是走走看看就可以消磨一天。这是一个非常神奇的世界，任何老人家在这里都会返老还童。如此奇特、漂亮的鱼和水里面的世界，真是令人流连忘返。这里禁止拍照，因为怕吓到鱼，这反而给了人静心沉浸观赏的机会。最令我感到神奇的是，科技这么发达，人这么聪明，竟然可以将大海里的鱼搬到自己家中去养。每次去行，都有马上搬个鱼缸回家的冲动。

其实，这个神奇的世界里，除了鱼，还有很多值得观赏和入手的，如千奇百怪的植物、古老的家具和家居饰品。我在这里买了一个麻石做的古老的马槽，用来养水生植物，还买过猫猫、狗狗、雀仔和鱼吃的粮食。

记得一次我去买鱼粮，老板将我赶出了门，说不是会员不能买，给钱都不行。可见这里生意之好。

讲到花，广州有名给你叫的就是花城。以前，家家户户的阳台上都种花，没有花的阳台一定就是没有人住的，就如没有晾衣服的阳台没有人住一样。但是，现在没有种花的阳台很常见了。毕竟土生土长的广州人在这个城市的居民中已经不占多数。倒是横街窄巷里，一定有花，过去如此，现在也如此。

以前，广州人家庭种的花没有现在这么多品种，以菊花为主，学校则种有很多的大红花。我们十七中种了很多夜来香，所以夜来香的味道变成了我对中学生活的味觉记忆，一闻到夜来香的味道，就会想起母校。

小时候，我没有种过什么花，毕竟是男仔头。我只种过葱。将葱头种在花盆里，葱的叶长出来了就剪下来炒菜，然后新叶会继续长出来。

以前，每所中小学都有种花，花工被称为“花王”。可见花在广州人心目中地位有多高。公园里面的花工也叫作“花王”。我小时候有过一个理想，就是去做花王。与花为伴的人生是多么美好！

如果讲花的灿烂，一定要讲的就是每年的花市。每逢年三十晚，西湖路花市总是水泄不通，成为花的海洋。迎新炮仗在全城响起的时刻，人人都手擎一大束鲜花回家，大街小巷成了花的街，花的河，花的溪流。文化公园的菊展，也是花城广州每年一度登峰造极的花季。

现在的广州也是花城，但是一提广州的花，马上就想起了簕杜鹃。因为到处都是天桥，而天桥上必种簕杜鹃。紫红色就成了广州的城市色彩。簕杜鹃好打理，花开灿烂，花期长，都是进入城市之花行列的理由。但是，全城一色，很显单调，正所谓美中不足。世界上的事情总没有十全十美。

1966年停课之后，很多所谓“逍遥派”的青年就热衷于做“海陆空三军司令”——养鸡、养鱼和养鸽。养鸡是为了吃鸡蛋，没有什么乐趣和情怀；养鱼刚才讲了，乐趣无限；养鸽子呢，有的人就是为了吃鸽子肉。鸽子的繁殖很快，四十天就下一窝蛋，且养肉鸽比养鸡快。在那个买鱼买肉都要凭票的年代，为了食而养鸽也是一种本能的选择。

但是更多的人养鸽子是为了放飞。

我养过一笼鸽子。在我看来，养鸽子最大的乐趣就是放飞。在自己家的阳台上封一个鸽子笼出来，再树一杆旗，这就是鸽子的家了。每天打开鸽笼，看着鸽子成群飞出去，在天空集体飞一个圈，然后再飞向远方，真是一件赏心悦目的事情。听说鸽子吃绿豆能明目，飞多远都不会迷路，我就千方百计地去找绿豆给鸽子吃。那时候，绿豆也算是奢侈品了。

而画眉、相思仔之类和一些普通的雀仔，吃的是小米。现在我都不吃小米，因为我觉得这是雀仔吃的，不是人吃的。西北人看到这会抽我。流花鸟苑不知道现在还有没有？在赋闲的日子里，我经常去流花鸟苑看雀仔。有的一人几雀数笼，有的则一人一雀一笼，都挂在树上，或者放在自己的身旁，听雀仔唱歌，很是自在。不要以为玩雀是老人家的专属，很多中年人甚至青年人都玩雀。关键是要有兴趣，有时间。

曾经有段很长的时间，广州因为空气污染，鲜见蓝天白云，“千山鸟飞绝”。现在雀仔重返省城了，因为空气好了。

现在的人们，不论老少，都玩电脑（手机其实就是一部便携的微型电脑）。玩电脑，玩游戏机，都是你希望电脑为你做什么，不行就升级，升到自己满意为止。而养花鸟虫鱼，还有猫猫狗狗，则恰恰相反，不是要花花草草、虫子雀仔和鱼鱼猫猫狗狗为你做什么，而是你去为它们做什么。这是完全不同的人与物、人与自然的境界。

咸杂店

01.08 2023

咸杂店这个词已经逐渐退出我们的口语了。今天同学群里有个同学说起，我才突然想起，是啊，我们原本的生活都离不开咸杂店。

为了不让年轻一代愕然，先说说咸杂店是卖什么的。

顾名思义，咸杂店就是卖咸杂的。什么是咸杂呢？豉油、盐、糖是咸杂，甜榄、咸榄、辣榄是咸杂，糖、烟、酒也算是咸杂，“杂”就几乎是无所不包，还包括沙炮及炮仗。有的咸杂店连书纸笔墨都有得卖。一言以蔽之，咸杂铺除了不卖原子弹，什么都卖。

我儿时的家在旺区，出门走五分钟就有两家咸杂店。其中一家咸杂店我们叫三角铺，地处越华路、正南路、广仁路三条路的交叉点。很多咸杂店都会选址这样的三角位。这家咸杂店偏向日用，也有豉油卖。现在不卖日用品了，改为专卖糖、烟、酒了。多走几步，另一家咸杂店则专攻食用咸杂，山珍海味、咸鱼干货、散装酒什么都有得卖。第一家咸杂店到现在还开着，我搬到这里住是1960年，当时这家三角铺就有了，算算至少七十年了，真了不起。另一家咸杂店不知什么时候关了，原址上现在变成了一家普通的店面。

买咸杂是当时每个广州小孩，即现在的每个广州老人家的童年回忆。最常见的就是现在网上所讲的“打酱油”。现在的人，包括我，买豉油都是上网买居多，一买就是一瓶起步。以前买豉油，不会一次买这么一大瓶，都是随用随买，一来也许事关家庭的资金周转，二来那时的豉油没有防腐剂，买多了用不完会发霉。

那时候，每家咸杂店都备有规格大小不等的提斗（有的地方叫提子，有的地方叫端子），其实是一个圆柱形的有提把的量具。高级一点的是铜做的，差一点的是竹筒做的。最小的好像是半两，最大的是半斤。酱油、散装酒之类的液体一般都储存在陶瓷埕里面。根据顾客需求，店家用提斗把酒或者酱油从埕里打出来，在顾客自备的玻璃樽口上放个漏斗，把酒或者酱油从漏斗倒到瓶子里面。

广州人当时的调料少不了面豉。在没钱买菜的时候，面豉就是唯一的主菜。记得去咸杂店买面豉，店家会用木勺舀起一小坨，沾在一张事先裁好的巴掌大小的报纸上，懒的店员就直接对折一下，细心的店员就仔细包成三角形，递给小朋友，礼成。

说是卖油盐酱醋，但是咸杂店没有油卖。油是要到粮店买的，因为是限量供应。每户人家一个月限量购买半斤。还记得当年香港亲戚来广州探亲，铁罐装的花生油是必赠之物，珍贵啊。这份情义没齿难忘。有一段时间，广州没有花生油卖，只卖菜籽油，它一落镬就一阵黑烟，味难闻，更难吃。

讲到咸杂店，就不得不说“打斧头”（粤语，意指买东西时从中占小便宜）。因为家中打酱油、买咸杂是孩子的日常活，日子有功，很多孩子学会了“打斧头”。在为家长代购咸杂的时候，扣下一两分钱，买点糖果、山楂饼、咸榄之类慰劳自己。现在用微信支付，想“打斧头”很难了。

生活说复杂也复杂，说简单也简单。物质生活无非柴米油盐咸杂店，精神生活无非诗和远方。有的人把远方直接翻译成飞机票，这是捞乱骨头（粤语，意为弄混）了。

我们原本每家生活都离不开的咸杂店日渐消失了。但是生活还在继续。我们依然买得到豉油、飞机榄和面豉。我们离不开的不是店，而是柴米油盐酱醋茶。

每一个社区
至少都有一家小店
能让你感觉温暖

小林漫画

粤菜门外谈

06.08
2020

很多年前，有个著名大网站做广东美食的颁奖礼，请我去做颁奖嘉宾。他们说我对广州美食有研究，一定要去捧场。到了现场我才对他们说，你们找错人了。我对美食可以说是一窍不通，但他们都不相信。

我本来就不喜欢应酬。偶尔和别人出去吃餐饭，我最怕被问："你喜欢吃什么？"我知道这是对方尊重我，但是我喜欢吃的东西真的说不出口，而且酒楼也不一定有，比如蒸水蛋、咸鸭蛋，以及各种家常菜，如肉片滚白菜汤，且白菜最好是匙更白。即使我说出来，也是为难人家。我最不喜欢吃的是鲍参翅肚、山珍海味，一来不想自己也不想人家破费，就是吃个面子嘛；二来也觉得这些东西真的没有什么好吃的。高级的食材本身都是没有味道的，靠泡，靠发，靠高汤煨，靠鸡和火腿之类增味。我这样说，真是很土，但我是这样认为的。

只是中意吃蒸水蛋、咸鸭蛋，怎么能够成为美食家呢？所以我拒绝参加粤菜、美食之类的活动，不充大头鬼。

对于粤菜，广州人最引以为豪的，就是它的清淡。而外地人对粤菜最不理解的，也是它的清淡。没有半点味道，有什么好吃的？

这里我不得不聊聊清淡的“哲学”。其他的菜系，都是用食材作为调味品的载体，吃的是调味品的味道，或者是调味品与食材混合的味道。唯有粤菜，讲究的是食材本身的味道，所谓的调味品，都是为了把食材本身的味道更好地表达出来，即广州人经常说的“钓味”。钓味，就是要像钓鱼一样把食材本身的味道钓出来。

粤菜的特点就是不时不食、就地取材。所谓不时不食，就是要按时令吃菜。比如说，农历十一月到第二年春节，菜心是最好吃的，鲜嫩、没渣、清甜。现在已经是吃瓜的季节了，此时菜心起渣且苦，不宜再吃。就地取材呢，就是从珠江三角洲取食材。这里河涌纵横，产自珠江口咸淡水交界处的河鲜，味道特别鲜甜。如果用调味品的味道掩盖食材本身之鲜，岂不暴殄天物？在我看来，用清明虾去打麻辣火锅，简直就是犯罪。

不怕得失（粤语，意为得罪）人讲句，很多不懂架步（粤语，意为某种技能）的人，蒸鱼要落姜丝，说什么要辟腥。鱼肉、鱼骨本身怎么是腥的呢？如果是腥的，怎么吃鱼生？其实，鱼带腥味的是鱼鳃和鱼肚子里黑色的那层膜。只要把它们清理干净，鱼就不腥。放姜，反而会抢走鱼的鲜味。把鱼仔细清洗干净，原条蒸熟，倒掉水，滚油加蒸鱼生抽泼落鱼身，这样的鱼没姜没葱，更好吃，所谓原味是也。

在清淡中慢慢品赏食材的原味，这就是粤菜清淡的来由。有句形容人品味不高的歇后语，叫作“牛嚓牡丹——唔识花共草”。正是这样，品味品味，味道是靠品出来的，不是靠嚼出来的，更不是狼吞虎咽出来的。

蒸鱼最考功夫，时间多一分钟嫌多，少一分钟嫌少。鱼的品种不同，大小有异，肉有厚薄，因此对时间的把控，机器人、电脑都没办法解决，全靠经验。如果蒸过头，肉就柴了；火候不够，肉不离骨。温馨提示：一斤多的鱼，八分钟为中线。正负一分钟，总有一秒恰到好处。

煎鱼也有学问。俗话说，慢火煎鱼。这是对的，但不全面。煎鱼的诀窍是煎之前先要用盐把鱼身涂一遍，然后用厨房纸吸干鱼身的水分，大火落镬，马上转中火，然后收小火。中火煎皮，小火煎肉。煎鱼不要翻来翻去，要用鼻子闻，闻到香气，看到鱼边变成金黄了，马上一铲翻身，煎另一面。不要翻来翻去。破了皮的鱼虽然也能吃，但是影响胃口，也不香。煎鱼的香气主要来自鱼皮。煎鱼要放姜吗？还是那句话，鱼要清理干净，放不放姜随你便。

粤菜校味三板斧，油盐糖豉油生粉。三板斧的意思不是三样东西，是说来来去去就这几样。这几样东西也是广州人烹家常菜经常使用的调味品了，有的还加点味精或者鸡粉。问题是，这几样东西先放什么后放什么，都有学问。很多人习惯是先放盐。我的同学在教我做电饭煲叉烧的时候，提醒我，肉先用糖腌十五分钟，再放其他调味料。为什么呢？他说，盐的味道太霸道，不能让盐做先头部队。实践证明我的同学真是博识。最后放生粉，还是最后放油？主张最后放生粉的认为，生粉的粉浆可以将所有味道包裹严实，而主张最后放油的认为，油在外，肉才香。有人反对一开始先放生油，因为先放生油会形成一层油膜，将所有味道拒绝在外。另有一个朋友教我，腌肉时，先放生油，捞一下，再放糖，再捞，然后放酱油。生的食材捞味，都是先油后糖再其他。原因是油和糖可先包住食材，避免盐把水分都扯出来，导致食材无汁，不爽滑。她的这个观点和我同学的不谋而合。

其实，这些事情都没有一定之规。慢慢研究对比，会加深对看似简单的事情的理解。清淡最是难，因为反差小。这就犹如调整一张照片，将反差调到很大、很粗鲁，黑白分明，根本不能看，就是视觉冲击力很大。在低反差中创造丰富的层次是最难的。这也是清淡。

据说粤菜很难在全国性的烹饪比赛中获奖，因为评委来自全国，他们大都不知道怎么将清淡与美味佳肴挂上钩。总之，清淡的粤菜或者说广府菜，也是自己人知道自己的口味，可以说是孤芳自赏吧。别人评价无所谓，自己觉得好，才是真的好。

说来也怪，西方人的口味一般比较重，但是在国外开的中餐馆，很多都是以口味清淡为主的粤菜馆。也许是物极必反。

有一句话说得好有道理，中国心有真有假，中国胃个个都是真的。世界上有两样东西，是人与生俱来，永远不可以忘记，也永远不可以放弃的。一是母语。妈妈跟你说什么话就是什么话，以后哪怕你走遍天下，学再多的语言，母语的表达一定是最到位的，听到母语的感觉一定是最亲切的。二就是口味。口味是跟随终生的，就是我们说的童年的味道。

广州人出国，一回到广州第一件事情一定是出去吃碗菜心粥，再来碟炒牛河。这事办完了，感觉上才算真正回国了。过海关、过边检都不算。

对于口味的执着，是一种本能。广州胃，珠江三角洲胃，客家胃，潮州胃，都一样。

按照我的经验，现在揾食基本就是行政区划级别越高的地方，味道越差。当然我说的味道只是我一个人的口味，不代表任何人。一层层数下去，省城、地级市所在的市区、镇、乡、村，只有落村揾食，才能寻到最好的味道，最童年的味道。其实道理一点就破：越是基层，食客越是本地人多，酒楼餐馆不用迎合外地人口味，精心服务好本地村民就得。只要珠江三角洲本地人说好吃的，一定符合我们这一辈人的口味。况且，越是基层、本地，食材越是新鲜、本土，这个就更不用说了。

一说到粤菜，很多外地的朋友脑海中马上跳出四个字——生猛海鲜。哈哈，这又是一个源远流长的误会。如果说鱼，粤菜的食材以河鲜和塘鱼为主，那为什么后来粤菜馆都打海鲜招牌呢？因为本地食材卖不出大价钱啊。记得二十世纪八十年代初我刚刚进电台的时候，旁边一家餐馆的海鲜池，一条“海底鸡项”（粤语，一种海鱼的俗称）标价三千多元。当年三千元可以买一车鲩鱼、土鲮鱼了。你说，蒸水蛋能够卖多少钱一碟？咸蛋瘦肉滚菜汤，可以卖多少钱一碗？

说到这里，不由得想起一句老话，自己动手，丰衣足食。要想吃到童年的味道，一是请移尊驾，上山下乡，主要是水乡了；二是不要白费了自己在疫情期间练出来的厨艺，炒番两味，自娱自乐。

说到这里，欲罢不能。你知道为什么沙湾美食这么精彩吗？沙湾是富饶之地，有钱人多。当地人以自己能做几味撚手小菜为荣。所谓撚手小菜，就是自己精心独创出品的菜式。做出来之后就呼朋唤友来家吃饭。宾客中有人不服气，回家再创新的撚手小菜，再呼朋唤友来品尝。如此循环往复，你追我赶，美食创新蔚然成风。

识食，识揾食，识煮食，这也许是吃粤菜的三重境界。吃的路，也是修行的路，我们且吃且珍重，慢慢一重一重境界地修炼，总有一天可以修成正果。

白切鷄之戀
我脚踏實地
鷄腿歸我
你心懷遠方
翅膀給你
丁酉之秋帝流寫

林小漫画

外江菜、外国菜不吃就笨了

11.23
2020

今天出去吃了一餐湖南菜。好久没有吃湖南菜了，那种香，真是过瘾！

其实我不怎么吃辣，也不怎么能吃辣，但是湖南菜的香辣，让我禁不住时不时就要去吃一餐，哪怕是一边吃，一边喝可乐解辣。

湖南菜之中，我最中意吃粉蒸肉、小竹笋炒腊肉、腊味合蒸。这香辣的菜，再加上一个钵仔饭，那就完美了。吃肉、吃饭是人生贫困时期最渴望的事情。湖南菜让我一次满足两个愿望。

我没有湖南的至爱亲朋，喜欢吃湖南菜纯属热爱它的味道。估计我的这个爱好，定会出乎很多人的意料。因为广州人会觉得，除了粤菜，在地球上就再也找不到好吃的菜了。我也觉得粤菜是世界上最好吃的，但是地球上还有很多好吃的菜等着我们去吃。不吃就笨了。

吃是世界上最快乐的事情。吃四方是多少人的人生抱负，从小到老，只吃一方味道，哪怕这一方是自己的家乡，也是笨。

我还喜欢吃北方的面食。什么手擀面、刀削面、肉包子、馕，当然还有饺子，这些对我来说都有不可抗拒的诱惑力。

我能接受四面八方的味道，如果要追根溯源的话，也许与我从小在幼儿园过集体生活有关。那个幼儿园的人员南北混杂，厨师估计以北方人士居多，而且幼儿园对于孩子的食谱有严格规定，每天按食谱煮，孩子按食谱吃，当然没有可能天天吃白切鸡啦。

其实，在我看来，符合广东人口味的外省菜真是好多好多。不去品尝，死守粤菜一亩三分地，真是很傻很天真。东北乱炖，和粤菜的哲学差不多，粗料精做。红烧狮子头更是我的至爱，还有糖醋排骨、松子鱼，好像都是淮扬菜系的吧，搞不清楚。哦，对了，还有云南的过桥米线，我觉得比广州的汤粉好吃，或者说，是灵魂更加丰富的汤粉，是升级版。

很多人的思维方式都是非此即彼。粤菜好，就容不得别人的菜式好；粤菜好吃，就不吃别的菜式。假如有一个广州人喜欢吃外省菜，他们的反应是：咁捞（粤语，意为老土）。然后，会和这个人主动拉开距离。

今天我暴露了自己杂食的偏好，不知道会不会有“村民”主动拉开和我的距离呢？

其实，我也很喜欢吃西餐。倒不是因为西餐有那么多的繁文缛节，而是它的味道和食材真是给人感觉如换了一个世界。

西餐有牛扒、羊排、猪扒、鸡扒，还有千变万化的沙拉。西餐之中，万千种类的沙拉酱和芝士是灵魂。不管你认识不认识，它们就在那里。还有就是面包，千变万化，比如吃牛角包和棍包，完全是不同的体验。还有薯条、薯泥。从陌路人到情人要走一段路，从中餐到西餐也是这样一条越走越爱的路。

关于外省菜、外国菜，我一口气说了那么多，我难道背叛了粤菜吗？没有，一点都没有。粤菜一直是我的至爱。一日三餐，一个月九十餐，外省菜一个月吃不了一次，西餐也顶多一个月吃一次。

世界上的事情，总有个红花绿叶的关系，有个主次关系。有绿叶，才显得红花的漂亮；有次，主才是主。武断拒绝自己不熟悉的，是世界上最大的傻瓜。世界这么大，各村有各村的高招，各地有各地的美食。打破自己非黑即白、非此即彼的狭隘和荒谬，“让思想冲破牢笼”，让舌尖冲破牢笼，这个世界就是你的啦。井底蛙，一辈子喝的来来去去就是这一个井里的水，活着有什么意思。

大家都看出来了，其实我不是美食家，不会吃。我只是醉翁之意不在酒，借题发挥而已。

饮和食德才是饮食文化的精粹

04.21
2021

很多人都在喋喋不休地谈论饮食文化。一条油炸鬼是文化，一块叉烧是文化，一煲汤是文化，以上都是饮食文化。但是极少数人会谈到饮食文化的真谛——饮和食德。

饮和食德这四个字再简单不过，从字面上也可以猜到它的意思。饮、食是同义词，和就是和气、和谐，德就是品德和德行。

一堆人也好，一家人也好，一对冤家也好，围着一桌菜，杯起杯落，推杯换盏，相互夹菜。你敬我一尺，我敬你一丈；你敬我一丈，我捧你到天上。和气生财。饮茶或者饮酒，杯酒释兵权，杯茶消恩怨。哪怕没有恩怨，不做生意，饮食之间，人与人有了又一次的欢聚，加深了解与感情。这就是饮和食德。

好多酒楼都会挂有几幅字，我见得最多的就是"饮和食德"或者"惠风和畅"。"和"字是核心。

讲返饮茶饮酒。有人说，饮茶之人可以合作做生意，饮酒之徒则要谂过度过（粤语，意为仔细考虑）。这样说，可能会得罪很多酒客，但是理由也不可不听。

饮酒的人，三杯猫尿（广州人将酒叫作猫尿）落肚，就大话连篇，打遍天下无敌手，叶问、黄飞鸿都不在话下。与这样的人合作做生意，随时都胆战心惊。但是饮茶的人一般都冷静、低调，知道自己几斤几两。这样的人可以合作。不过换一个角度说，饮酒的人哪怕大话连篇，也被视作真性情，而饮茶的人则难免被人视为阴湿（粤语，意为阴险）。再换一个角度看，很多人既是酒客，也是茶客，无从判断。

其实，这只是坊间闲话。世界并没有这么复杂。饮茶饮酒，该饮还是照饮。最紧要是开心，万事不可当真。饮和，最紧要是“和”。

我们看警匪片、黑帮片，都不难看到这样的场面：喝和头酒或者饮和气茶。条气顺了，人就和了。和气的意思就是顺气。

再讲食德。餐桌上最能体现出人的家教。

以前，大人、小朋友一起吃饭，小朋友要逐一叫：公公食饭，嫲嫲食饭，爸爸食饭，妈妈食饭，姨丈食饭，姑妈食饭……叫遍了，自己才可以动筷子。现在好像没有这种礼数了，甚至有的小朋友在饭桌上从头到尾玩手机，匆匆忙忙吃完就先走了。好些的，会在走之前对大人讲声“你哋各位慢慢食”；不好的，则一声不吭走人。

现在看起来，这些吃饭的繁文缛节好像的确没有必要。但是，夹菜要夹自己面前的，不要翻动碟里面的菜，等等，这些规矩我觉得还是存留为好。

现实生活中，尊卑有别、长幼有序这一套已经少见了，但在饭桌上还多少保留了一点。这也是食德的“德”之可贵处。哪怕最年长者不是官最大、最有钱的人，人们一般都会礼让最年长者夹头一箸菜。每到此时此刻，考验长者的时候就到了。有人大模斯样地夹菜入“城门”，有人则慈眉善目将菜夹给小朋友吃。

同学聚会最能体现食德。一围台，原本都是一般高矮、从小玩到大的小朋友。夜雨江湖，有人发达，有人扑街，能够坐在一起吃饭的自然是自小的缘分。有的发达之人很顾及大家的感受，尽量不谈自己的成功；有的人则相反，生怕人家不知道他有钱。于是，群再分群，食再分食。人以群分，物以类聚，为真。

好的食德令人如沐春风。坏的呢，总是吃了之后从背脊骨落（粤语，意为难受）。唔臭米气（粤语，比喻不懂事，不近人情）的人，不用多，一围台有一个就够。

饮和食德，是我们饮饮食食的目的，也是饮饮食食时做人的标准。所以在此我也有一点温馨提示：假如你确认自己不开心，就不要埋台（粤语，意为同坐一张桌），不要败了别人的兴。

高高兴兴埋台，开开心心散席，初心不违，规矩不逾。大家好才是真的好。

每一家茶楼
至少都有一款点心
能让你食过返寻味

小林漫画

鸡鸡鸡

04.05
2023

广州人说，无鸡不成宴。宴，可不是一般的饭局，没有鸡不行。可见鸡在以好食闻名的广州人心目中至高无上的地位。没有人说，无鱼不成宴，虽然很多宴会上一定会有鱼。

在外地人的眼中，广州人吃鸡好恐怖，鸡骨头带血。在他们眼中，这几乎就等于生吃了。但是，鸡骨头带血的白斩鸡却是吃鸡的最高境界。不是什么样的鸡都可以白斩，入选的标准是肉要嫩，皮要滑，骨要香。讲老实话，现在食鸡虽然不难，但是要吃到好的，却是太难太难。一是原料，二是厨艺，都江河日下了。

食鸡难以食到童年的味道了。这话要分开说。一来童年时一年没有几天有鸡食，二来现在的鸡又柴又没味道也是事实，三来就是很多做粤菜的厨师都不是广东人，他们的个人味道记忆中没有少油少盐只有鸡味的鸡。

说起童年时食鸡的记忆：一年只有过年时有鸡食；中秋节则有时候有鸡食，有时候没鸡食；清明、端午则肯定没有鸡食。

物以稀为贵，吃得少，吃起来肯定觉得好吃。

六岁多上小学之前，我家住德政北路，一栋小楼住好几户人家，我们家住楼下，前面有个小花园。小花园有一丛茂密的竹子，竹子下我家养了两只鸡。一只大公鸡，一只老母鸡。后来，大公鸡因为打鸣扰人被人家毒死了，就剩下一只老母鸡。搬家的时候，这只老母鸡被装进一个竹编的鸡笼里一起搬过去。每天下一个蛋，是老母鸡不变的承诺。

1966年之后，几乎每家每户都养鸡了。家有阳台是最值得骄傲的，鸡就直接养在阳台。没有阳台的人家，厨房的灶台下，卫生间，客厅的桌底甚至床底，都是鸡们安身立命的地方。一只用竹片编织成的鸡笼，几乎是每户人家的标配。倒不是因鸡是宠物，而是鸡会生蛋。那时候的副食品供应紧张啊。买鸡蛋，要骑单车从市区里面过珠江大桥到黄岐农贸市场。那时候，可不是每家每户都有单车呢。

自家养的鸡一般都不舍得吃，要留着生蛋。我不知道那时候一只鸡要多少钱。我只记得有一个朋友，他每月存几块钱，到年底就买一只鸡吃。那是他们家最盛大的节日。我还记得小时候很多广州人家都在街巷里煲水劏鸡拔鸡毛。那是昭告天下，我家劏鸡啦！

成年之后，因为都是吃饭堂多，对鸡的记忆就渐渐地淡了。直到1998年抗洪采访，我亲眼看见老乡抱着鸡躲避洪水，才猛然醒起，鸡对于老百姓依然是那么重要。

白切鸡的做法，我记得童年时的比较简单，就是把杀好的鸡浸在开水里，差不多熟就拎起来，蘸着熟油和豉油吃。直到后来有一次去采访清平鸡，师傅才告知我他们的秘密，除了对鸡的挑选要苛刻之外，关键是要把烫熟的鸡马上放进冰水里浸透。

小时候吃鸡，因为难得一吃，太珍贵了，所以不敢动筷子，要父母夹到自己的碗里才开心吃。八十年代初期我第一次去北京，在路边摊见到一个小伙子拿着一只整鸡撕着吃，送啤酒，我还惊奇了，北方人真有钱，一人就吃一只鸡！

最近我在重读《滕王阁序》："呜呼！胜地不常，盛筵难再，兰亭已矣，梓泽丘墟。"

无鸡固然不成宴。但是有鸡无宴，鸡的存在感在哪里？呵呵。

从这个黄金十字路口出发

05.28
2020

昨天在微信群里看到有人发的视频：新大新的招牌被一辆吊车拆下来。我心中一惊：难道又要见证历史？后来才知道，原来是北京路在开展街道外观整饰工程。有惊无险。希望以后的北京路更加美丽。

关上微信，心中却久久不能平静。北京路、中山五路这个黄金十字路口，是我童年最美好的记忆所在。因为我家就住在附近，步行十来分钟就能到那儿。

中山五路百货商店是当时广州最高大上的百货商店，可以说是家家户户采购必到之处。在这里，可以买到最漂亮的布、最时尚的衣服、五花十色的暖水瓶等。我仍记忆犹新的是，卖布的人很厉害，用尺子量了之后，对折一下，用剪刀剪个口子，双手一扯，布就撕开了。从柜台到收银台“上空”有着蜘蛛网一样的铁线。售货员用铁线上的铁夹把钱和布票夹住，扬手一推，钱和布票就通过这条铁线飞到了收银台。那时候，每人每年的布票是一丈三尺六，据说只够做一个被套。当时广州还有一间很大的百货商店——南方大厦，是四乡进城的人的必到之处，所以这里又被称为“卜佬大厦”，当然，这称呼不尊重农民。只是，有南方大厦的西濠口商圈同北京路、中山五路这个黄金十字路口相比，还是矮了一个头，上下九就更加不能相比了。

走出中山五路百货商店正门转右，就是大名鼎鼎的长江乐器店——当时广州最专业的乐器店。我在这里买过几支笛子，一把秦琴——广州人的土吉他。还有就是买过几包小提琴的琴弦，那时候我家有一把小提琴，我自学了，但是不成材。

从长江乐器店往西走，是广大路。广大肉菜市场是我每天买菜的必去之处——除了这家肉菜市场，我不知道哪里还可以买菜。对面是广大路邮局，这是广州最古老的邮局。我们家的信全部是从这里寄出去的。从广大路邮局稍微向南走几步，穿过一条狭窄的小巷——广大二巷，我们又回到中山五路，穿出来就是广州最高级的电影院——新华电影院。新华电影院给我的最深印象就是大皮椅，它又大又软，好舒服。还有就是电影院门口盲公卖的南乳花生，装在用报纸卷起来的圆锥形的纸筒里面，奇香无比，入口就化。

北京路、中山五路一带是广州的商业文化中心，光是电影院就有青年文化宫电影院、永汉电影院、新华电影院、新星电影院。这一带也是书店云集，有科技书店、古籍书店、旧书店、外文书店、大新华书店，在北京路基本可以买到最新、最专业的书籍了。

在那个年代，家庭合照是家庭中的大事，绝对带有仪式感，个人则往往是因为上学、参加工作、参军才会去拍照，都是个大事件。而中山五路有两间全市顶级的照相馆，即新华电影院对面的艳芳照相馆和儿童公园侧门旁边的雄志儿童照相馆。现在这两间大名鼎鼎的照相馆都沦落江湖了，变成了小店。虽然说现在手机普及，人人都是摄影师，但是家庭与个人的照片，再也难见当年精致、专业的出品。传统摄影败给了岁月。

在北京路与中山五路的十字路口的东南角，有当时广州最大、药品最全、服务最好的健民药房。记得有一次，我半夜急用药，来到这里按一下电铃，一个小窗口开启了，药到病除。时隔多年，我仍感激不尽。这样的实体店服务，什么样的网购电商都取代不了。我想多了。

青年文化宫对面有家文一文具店，这是全市文具最齐全的商店，一到开学季，店里店外人头涌动。还有一家店好像叫五金交电商店，五金、试管、试剂之类都有得卖。旁边的华侨商店，则承载着广州人最奢侈的生活梦想。对了，还有新以泰体育用品商店，是当时市里最大的体育用品店。我所有的乒乓球拍和乒乓球都是在这里买的。

然后是承载了我梦想的北京路262号广州照相器材专业商店。那时候，我已经在电台工作，每月工资四十多元。我最爱来这里探访我的梦想。在店堂最当眼的地方，雄踞着一部哈苏相机，标价是三万八千元。这对于我来说是天文数字啊。我不时就忍不住要来这里看看这部相机。我在这里买得起的就是二十八元一块的偏光镜。终于在几十年之后，我全款买下了一部哈苏相机：503CW，还有全套的定焦镜头。不是我发达了，而是由于西方发生经济危机，中国经济起飞，这个落差让很多很好的二手机械相机流入了中国市场。相比于现在的数码相机，这些经典的机械相机的价格真是很便宜很便宜。转接头的兴起，让很多老镜头价值飞升。不管怎么说，人生总会有梦。人生必须有梦。我的这套哈苏相机是梦想成真再好不过的例子。

拥有一块好的手表也是年轻男人的梦想。因此我年轻时经常会心跳着去走走李占记钟表店。这里什么好表都有，全市最好的修钟表的师傅都集中在这里。可惜我连一块新的上海牌手表都买不起，真的是只能够看看了。也是几十年后，我才能够给自己买了一块怀旧款的上海牌手表，以了此心愿。后来虽然也陆续拥有了几块好一点的机械手表，但现在每天戴在手腕上的，却是一块可以显示很多信息的电子手表。新科技征服了情怀，我成了自己的叛徒。

再慢慢从李占记钟表店向东逛过去，有著名的大学鞋店和鹤鸣鞋店。它们也是当时广州最好的鞋店。但是我没有在这里买过鞋。小时候，我穿的皮鞋是我父亲给我买的，不是在上海，就是在北京。后来流行穿布鞋，就是广州人说的捞鞋，其实就是北京布鞋。再后来就下乡了，不要说在哪里买鞋，连穿的是什么鞋都忘记了。

不得不提的是广大路口对面的一乐也理发店。那是广州最贵的理发店。那时候，小孩理发一般都在街口的档口。一个老理发师，一张竹躺椅，墙上一面镜子，一把手动推子，就是档口的标配，好像是五分钱理一次发。但是我父亲不准我去那里理发，坚持要我去一乐也，那儿好像是五毛钱一次。后来父亲被抓了，也顾不上我了，于是我也就在街口的档口理发了。

如果说吃的话，北京路、中山五路这个黄金十字路口周边，可以说是名店云集：吃西餐去太平馆，吃红豆冰去美利权冰室，吃煎饺去八珍面店，吃盐焗鸡去东江饭店，喝茶去惠如楼，吃大馒头、煎饼去华北饭店，还有湖北豆皮……可惜那时穷，一年都上不了一两次餐馆。

我这里说到的名店都集中在方圆不到一公里的地方。什么叫中轴线？什么叫市中心？什么叫省城？这个黄金十字街头就是。

但是，现在的北京路、中山五路的气场也破了。不说情怀什么的，光是说商业业态，现在真的比不上商业精英云集的过去。

当然啦，我循例还是要说一句：希望明天会更好。事实上，现在广州最好的地方，既有历史的韵味，又有新潮的商业气氛，也还就数这黄金十字路口了。

以前，广州只有为数不多的几个商业中心；现在，商业中心则是遍地开花。这也许也是一个原因：商业精英、名店云集的景象已经无法复制。

百货商店、各种其他商店，在逐渐变老的我们这一代人的心目中，意味的东西太多了。当年下乡，休假回到广州的第一时间，就是去逛新华书店，去看电影，这是最大的快乐。是琳琅满目的百货商店而不是供销社小卖部，是很大很大的书店而不是书摊，还有舒适的电影院而不是北风呼呼的露天电影场，这些是城市生活方式的符号，农村没有这些东西。但这是过去。

现在城市的功能正在被瓦解。除了不能在乡下搞一个省府之外，现在大城市里头有的，小城市照样可以有。县城，甚至乡镇都可以有，而且可以更好。大家去珠江三角洲地区逛一逛就知道了。

大城市里头，类似我上面说到的黄金十字路口之类的中心也在消解。现在的城市里头趴着一头头的“怪兽”——商业大厦，时髦的叫法是购物中心，就是购物中心，以前叫商业广场，意思都差不多。广州最早的购物中心是天河城、中华广场，后来有“巨无霸”正佳广场。它设有海洋馆、动物公园，在购物中心里头购物、饮食、娱乐，完全可以一天不出来。这些购物中心的人流量、出货量都是怪兽级别的。

除了城市里头黄金旺地的购物中心，另一类的购物中心就是在城市边缘地区由地方政府和开发商联手开发的先头部队了。在地铁口附近盖个购物中心，然后附近的地块就值钱了，楼盘一路升值。不管开发商能不能挣到钱，起码业主们身居僻壤，照样可以享受到基本没有走样的城市生活。

越来越多的购物中心在城乡如雨后春笋般出现，让北京路、中山五路、上下九、南方大厦、西濠口之类的城市商业中心留在了不可复制的旧日时光。甚至广州，也变成了周边地区人们可去可不去的地方。以前有一个概念叫作一小时生活圈，而现在珠江三角洲地区里，开车只要二十到三十分钟，就能到达一个购物中心。

但并不是所有的购物中心都能够吞金。有的购物中心，不管在广州城里还是城外，哪怕是在疫情之前，哪怕是在星期六、星期天，都是水静鹅飞，售货员多过顾客，真不知这些店靠什么为生。

人的创意总是无穷的。南海，还有三水，都出现了新的商业怪物，叫作佛罗伦萨小镇。我真不知道佛罗伦萨和这种购物区有什么关联。但是，不得不说的是，它们把名牌折扣店集中起来经营是个很了不起的创意。悠闲的小街两旁是天天打折的名牌小店，对人的吸引力还是很大的。不知道其他地方有没有这种类似的商业形态。

广州南方大厦是人们进城的首选之地，这早已成为历史。它现在变身为卖手机还是什么东西的专业市场了。现在，珠江三角洲的人不会为了行街购物而进广州城。

珠江三角洲的人现在的购物方式：行街去购物中心，顺便吃饭、看电影，日常需要的靠网购，买奢侈品就去香港。一年再出几次国，要买的贵价货也差不多够了。

我们这一代人，买买买，行街从北京路、中山五路这个黄金十字路口出发，一路走来，到老了，最大量的购买行为却发生在网上。网上购物，方便挑选，方便比价，什么稀奇古怪的东西都有，不会塞车，不用找地方停车，不用看人脸色，人家也不看我穿的是破衣烂衫还是名牌，网购电商拉走实体店的生意是在所难免的。但是，网购的体验的确不如实体店：人见不到货，人见不到人。假如实体店人性服务做得好，也不见得会式微。

虽然我爱书，但是某大书店我差不多二十年没有进去过了。卖书的人不懂书，而且恶死，我为什么要万水千山地过去找不自在呢！还有某民营书店，装倒挺会装，但是服务态度和国营书店差不多，我也十几年没进去了。最近网购了几本纸质书，居然有像从前那种爱不释手的感觉，但是我现在买的书、看的书绝大部分是电子书。家里地方实在有限，不能到处都是书。

世界在变。生活不一定会变得更加美好，但是一定会变得更加方便、更加合理。从某种意义上来说，享受生活就是享受生活中新的方便。至于北京路、中山五路这个黄金十字路口，我还会去，去寻找那一份网购没有的快乐。说实话，花钱真是一种快乐。如果花钱不快乐，我们为什么要那么辛辛苦苦地去赚钱呢？

愿北京路生命之树长青

09.24
2020

权威媒体的报道说：北京路步行街是广州建城2200多年来从未偏移、从未断代的城市中轴线，也是全国最早实行步行化管理的商业街之一。（此处“步行街”三个字应该删去，因为步行街的历史很短，没有2200多年。况且，“步行街”并不是地理名称。）2018年，北京路成为全国首批、华南地区唯一纳入改造提升试点的步行街。

两年过去，如今这个工程完成了。9月23日，北京路步行街举行了改造提升开街仪式。新北京路我还没来得及去现场看。在朋友圈里看了一下，建筑物的外立面和灯光都很漂亮，新的概念也很多，比如5G街道、智能化、裸眼3D大屏幕等。我人未到，但已经心驰神往，浮想联翩。

我压制着自己赶紧去看看的想法，让行动暂且停留在浮想阶段。今天就和大家一起分享我的浮想。

在此之前，我也看了一些报道，浮光掠影地了解到整饰改造的一些技术上的“初衷”。结合朋友圈里的照片，我的总体印象是：焕然一新的北京路改造，是个技术主义比重大于情怀的结果。

我先说说这里所说的技术主义和情怀两个概念。

所谓技术主义，就是这样一条老街，经历了历史的风霜雨雪，已经出现了很多不尽如人意的地方，该用什么样的审美观，赋予什么样的功能，以同时达成以下几个目标：广州的老中轴线上的市中心、老城区中的商业步行街、国家AAAA级旅游景区。它指向未来。要实现这些相关又不尽相同的目标，需要使用什么样的外立面色彩，采用什么样的旧楼改造技术，用什么办法让不适宜的店铺迁出去，用什么样的办法让理想中的店铺进来，停车问题怎么解决，交通问题怎么解决，包括路牌在内的交通引导系统如何建立，等等。这里说的技术主义是一个系统工程的技术主义，而不仅仅是简单的建筑设计师的事情。

而情怀的指向不是未来，而是过去。能够让老街的昔日重现，才是以情怀为导向的修复和整饰。

对于新广州人来说，北京路也好，上下九也好，是无所谓情怀的，因为这里没有他们的集体记忆。而对于老广州来说，这里的一草一木一砖一瓦都是记忆，都是情怀。

在时代的滚滚洪流之中，眼看着北京路、中山五路变得越来越稀奇古怪，老广州对于新北京路的期待是旧梦重温，昔日重来，这样的期待是合理的。但是，恕我直言，人老了，都变不回去后生的模样，一条老街，不管再如何整饰，也变不回你回忆中的样子了。

“无边落木萧萧下，不尽长江滚滚来。”

我是在北京路附近长大的。我六岁那年搬到这里住，今年六十六岁了，刚好一个甲子。无论如何依恋，我心里比任何人都更加清楚，北京路无论如何都变不回过去的样子了。其实我们依恋的只是我们的童年和少年，而不是那一条街上的一堆堆砖头。

北京路最让人留恋的是它的业态，而不是它的模样。短短一条路，吃的、用的、玩的、穿的，书店、电影院、戏院……几乎是在大城市中你所需要的一切，北京路都有。

引领时尚潮流，是当年北京路最令人心动的地方。最新、最经典的书，大新华书店有；最潮流的服装，中山五路百货商店（就是现在的新大新）橱窗有展示；最好的书纸笔墨，文一有；最齐全的体育用品，新以泰有；五花八门的五金工具，交电公司有。广州最大的医药商店健民药房在北京路，最好玩的儿童公园也在北京路。甚至连过江码头北京路都有一个。问你服了没有？

如果说回不去的话，北京路最回不去的就是它昔日的业态。以现在的铺租，你怎么在北京路开一家牛骨汤店？记忆当中，青年文化宫附近有一档店面很小的修钢笔、眼镜、手表的店，不知道现在还在不在？很多外地人来广州，就是为了逛逛西湖路灯光夜市，可是现在是否还有可能重开？

就建筑物而言，北京路上的都很普通。哪怕就是太平馆、新大新、陈李济所在的建筑物的样子都很普通。真正抢眼的建筑物只有一栋——旧财厅。普通，成为升级改造的难点。有人说整饰后的北京路没有亮点。问题在于，北京路的建筑本来就没有什么亮点。

北京路上的某一座建筑可能是文物，但是整条北京路不是文物。因此，修旧如旧不应该成为北京路整饰、升级改造的原则。如果是修旧如旧的话，是以二十世纪六十年代的旧作为标准，还是以八十年代的旧作为标准呢？三十年代的北京路，见过的人可能已经不多了。1911年的北京路，见过的人估计世界上一个都没有了。顺便讲一句，北京路原名永汉路，1966年之后才改名为北京路，这个名，本来就很新。而作为商业步行街的北京路，历史也不长。

情怀只在记忆，只在这条路上曾经发生的故事。所谓北京路情怀，实际上真的缺乏经典的建筑物去承载。

北京路在我的记忆中有两个磨灭不去的细节。一个是整条北京路都是大字报，你无法看清建筑物原本的颜色；另一个就是更早之前的北京路和中山五路的十字路口中间那座高高的交通指挥塔，交通民警坐在里面按灯号。

这次北京路的改造升级还有一个亮点，就是把平面的商业步行街立体化，空间向主路旁边的街巷延伸。新闻报道说，这是“串联背街里巷，对圣贤里、府学西街、李白巷等后街巷进行品质提升，步行长度从1.1公里延长到3.5公里，步行范围从0.29平方公里扩大到0.43平方公里”。此外，还向楼上的商业空间延伸。这就为北京路的未来构筑了空间的余量。未来的北京路会变得更加有趣。亮点之亮，并非现在我们的目光所能及，现在还未完全呈现出来。

北京路也好，广州其他的老城区也好，如果不整不修，只会越来越破旧；如果要整要修，要整饰要提升，对标的应该是广州未来的坐标点，还是已经过去了的旧广州？这是一个既挑战我们情感，也挑战设计师才能的难题。

我对自己浮想联翩的新北京路的评价标准是有点侧重的平衡：能否在新老广州中间取得平衡，偏向于新广州一些？能否在传统与现代之间取得平衡，偏向于现代一些？能否在过去与未来之间取得平衡，偏向于未来一些？能否在文化和商业之间取得平衡，偏向于商业一些？能否在景观和功能之间取得平衡，偏向于功能一些？

我之所以会提出这样的几个标准，是基于一个最基本的现实：北京路是一条商业步行街，是一个国家AAAA级旅游景区，而不是一个静态的城市博物馆。我想，上述五个有侧重的平衡如果实现了，我心爱的北京路一定会在未来的岁月里，延续自己的光辉岁月。

情怀是粉色的，祝愿北京路的生命之树长青。

陌上花开

05.30 2023

今天不经意间，我一脚踏进了一个过去，转眼又发现了一处惊艳。

越秀公园的东门，以前没有这么高大的一个“城门”，站在高高的门楼下，我有点惶然。走进门里，我以为要买票，结果发现非也，就这么走进去就行了。突然发现面前三条道，我竟然不知该走哪条。回头问门洞中戴着红袖标的姑娘：“这里怎么走？”我向姑娘递出自己的手机，上面有朋友发给我的定位：花城里·陌上花开。

姑娘说：“顺着中间这条道一直走就到了。”

天气酷热。今天广州的气温破了五月份气温的最高纪录，差不多四十摄氏度了。但是行走在林荫蔽天的小道上，倒也不觉得太热。百来米的路很快就到了尽头，眼前出现了一座依山而建的白色建筑物。它蜿蜒向上，犹如蓝天白云之下满目青翠中一位婀娜多姿的白衣女子。

穿过弯曲的走廊，又拾级而上，眼前闪过的是一个个小厅、大厅，舒适的座位，小桌、大桌、书架、卡座，还有紫色、白色的绝不艳俗的鲜花。厅里文学书籍琳琅满目，分类又非常明晰，一看就知道是行家收拾的，完全是纯文学的雅致。

尘世闷热难耐，这里最难得的是从外到里的清凉、清新。曾经的我也是文学青年，在这里好像找回了自己的青春。可是我的青春啊，哪有如此的清雅宜人？

越秀山，在我们童年时，老广州都称它为观音山。而我们都叫这座广州人最看重的山为越秀山。那时候的白云山很遥远，几乎就是荒郊野岭，唯有越秀山是城中的山，因而也成了广州人心中的山。

那时候，几乎所有广州的名牌产品上都有五层楼或者五羊石雕的标志。五层楼和五羊石雕都在越秀山上。越秀山上最让男孩子好奇的是山顶的水塔。水塔下面杂草丛生，还有一座纪念碑。这是胆大的男孩子“啸聚山林”之地。现在想起来还觉得不可思议：就是这座水塔，以前竟然可以供应全城人民的饮水。由此可见，那时候的广州城，真的很小很小。

还有南门直冲着的百步梯、越秀游泳场。懂的都懂，多少青年日日在这里苦练：先游个上千米，再在百步梯上跑上跑下。心中的愿望有多大，锻炼就有多刻苦。穿过历史的云烟和山山水水，现在他们应该都老了，遥祝他们一切安好。

越秀山有很多个门。我最美好的回忆在近五羊石雕的那座门，即西南门，以前越秀区少年宫就在它的旁边。我曾是舞蹈组的学员，吃不了压腿练功的苦，于是逃跑了。逃到五羊石雕那里，以求五羊的庇护。后来，舞蹈老师见我根本不是个可造之才，就把我调到合唱团去了。于是，我戴着红领巾，在中山纪念堂，在文化公园中心台，和小伙伴们一起放声高歌《我们是共产主义接班人》。

铭刻着我的青春的是越秀公园的正门口——西门。门前两边的马路上有一排高大挺拔的千层树。那是我们几个家在广州的老师骑单车回花县芙蓉嶂中学的集合地，不管严冬酷暑，三小时骑行的出发地。而从学校骑车返回广州，看到了这一排千层树，就有如看到了家门口的灯塔。整整五年。这千层树就这样刻在了我的心中。现在半个世纪过去了，千层树应该还在。树好像不会老，但是我却老了。

记得在电视台的时候，我做过一集五层楼的特辑，在五层楼拍过片。那次之后，我就再也没有去过越秀山了。回想起来，也是十几年前的事情了。

越秀公园所处区域自元代以来一直是羊城八景之一。民国时期，孙中山先生提出要把越秀山建成一座大公园。2006年，越秀公园被评为国家AAAA级旅游景区。

一出越秀山的东门，就是小北花圈。这个街心花园，建起了，又被拆除，现在的样子有点不伦不类。已有四十年没有从这个门走进越秀山了。

我在十七中读中学，无论是逃学，还是玩耍，越秀山的东门都绕不过去。但是今天身处陌上花开，我却有点疑惑了。我对越秀公园的领导说：“对面那条城墙边的路径我记忆犹新，但是现在陌上花开这个地方，以前是怎么样的？我真的怎么也想不起来了。”

主人拿出手机，微笑着向我展示了几张这里变化的照片。原来这里本是几座低矮的红砖房，是工具房。主人告诉我，2021年10月1日陌上花开新茶饮店开业，2022年1月23日完成全部装修正式对外营业，2023年3月25日花城文学院正式在陌上花开挂牌。

苏东坡诗云：“陌上花开蝴蝶飞，江山犹是昔人非。遗民几度垂垂老，游女长歌缓缓归。”这诗好是好，就是太消极黯淡了。

我更喜欢的是吴越王的这九个字：“陌上花开，可缓缓归矣。”

今天我在越秀公园游荡，在过去和现实之间来回，这种感觉真是妙不可言。

陌上花开，可缓缓归矣。

白云山摩星岭的深夜
能望见家乡的星光

叁

良时叹茶

师傅仔

08.10
2022

今天我请一位五金店的老板兼修理工兼安装工来家里帮忙装几个插座，顺便改个电箱。这位老板很好，有求必应。他技术很好，成身都是证，如电工证之类，而且价格公道。我家的电器水龙头之类的事情，从来都是他帮忙搞定的。

老板还带了个小徒弟来。小徒弟个子不高，浑身上下透出一股精灵劲。我问老板是不是收了个徒弟，他笑笑，好像说是，也好像说不是。我就跟小徒弟说："你要好好跟着师傅学嘢（粤语，意为学东西）啊。你师傅好叻，一家五金店就可以发达啦。"小徒弟很高兴，说："梗係（粤语，意为当然，一定）啦！"

我再问小徒弟："你有没有帮师傅洗脚啊？每天上班有没有斟茶给师傅饮啊？"

小徒弟说："还要给师傅洗脚？"

我说："是啊，我们这代人以前做学徒的时候都是要拜师的，每天上班先给师傅斟好茶，有时候还要帮师傅带小孩、搬煤气瓶。”

小徒弟瞪大眼睛，非常迷惑地看着我。

我说：“你以为我是讲笑的吗？”

他说：“是啊，我以为你是开玩笑。”

然后我就和小徒弟以及他的师傅你一言我一语地聊起来。

小徒弟告诉我，他不相信我说的。他有一个朋友，还敢教训自己的老板。老板说，现在你是老板还是我是老板？小徒弟的朋友说，我是来体验生活的，我不是来打工的。估计老板气得够呛。

我问小徒弟，有没有交伙食费回家？他说，父母前几年还给他钱做伙食费。这两年自己挣钱了，就没有要父母的钱了。我估计他不好意思说自己没有交伙食费回家。

说说笑笑中，手板眼见功夫（粤语，意为工作范围小，一眼可见的事）很快就完成。道别的时候，我开玩笑地吩咐小徒弟：“今晚记得帮师傅洗脚啊。”他笑笑说：“讲老实话洗脚我就做不到啦，但是我今晚可以请师傅去洗脚。”

完美！

现在一讲起年轻人，很多老人家都是耍手兼拧头（粤语，意为表示厌恶）。其实，年轻人不都是躺平的，年轻人更不是如此不堪。这个小徒弟就很可爱。他有他的生活方式，他有他的人生规矩。乐观、勤力、聪明，你还想年轻人怎么样呢？

讲老实话，每一代年轻人都是在老人家无可奈何的叹息中成长起来的。从九斤老太到现在一直都是这样。回想自己刚进电台的时候，不知多少老人家都对我要手兼拧头啦。眨眼之间自己就成了老人家了。

所以我对后生，一是不批评、不评价，二是不教导、不引导。他们自有自己的成长空间和机会。

人生是旷野
而不是轨道

小林漫画

你是什么佬？

09.25
2016

广州人很有趣，习惯在自己的职业身份后面加个“佬”，如泥水佬（泥水工）、斗木佬（木匠）、补镬佬（补锅匠）、报纸佬（卖报纸的，后来也指在报社工作的）。但是很奇怪，没有人说电台佬或者电视佬。更奇怪的是，很多大名鼎鼎的艺术家，也自称是画画佬、雕塑佬、摄影佬……

过去，被称为“佬”的工作者，一般处于社会底层，干的多是体力活，被富贵的人看不起。但是广州的许多艺术家却自称“佬”，这就有意思了。

一般自称“佬”的艺术家都不是那种刚蓄了胡子或者刚剃了光头的初生之犊，他们绝大多数已功成名就。我觉得自称为“佬”不是自谦，而是表现出俯瞰世界的豪情。这么长的荆棘之路，老子走过来了，现在就是一个“佬”了！哈哈！有趣的是，佛山人有“阿佬”的说法。阿佬就是“我”的意思，只有是个人物的人才能称得上“佬”。换言之，失败者连谦虚的资格都没有。这是铁律。这是激励跌倒的人爬起来、激励后生天天向上的铁律。就这么拼下去吧！为了自己总有一天能够成为“阿佬”。

能够成为“佬”的人，吃的都是技术饭。别说艺术不是技术。技术不一定是艺术，但是艺术肯定包含了厚重的技术成分。

有一句老话这样说：家财万千，不如薄技傍身。广州人也把一技之长称为“烂棉被”。家穷不要紧，孩子最紧要就是有张“烂棉被”，有一技之长，饿不着，冻不着，能够活下去。如果某人被称赞手艺了得，一般很谦虚的回答就是“烂棉被来个啫”。

一技之长可以在漫漫人生路上遮风挡雨，养家糊口，所以从学艺之初，谁也不敢怠慢，拧紧拧直每一颗螺丝，焊实每一个焊点，开直每一条木方，描好每一页红，写好每一个字……这种事情，我读小学时司空见惯，每一个人都在做。

其实“佬”还有一个不屑的含义，比如说，口水佬。说的是那种“讲就天下无敌，做就有心无力”的夸夸其谈之辈。

我都几捞

07.18
2022

时不时就会有人在网上质疑我不是广州人，甚至有人言之凿凿地说我就不是广州人。群众的眼睛是雪亮的。我真的是“几捞”。

无论是在广东电台还是在广州电视台，都有不少人说我像北方人。当然，只是说我的性格，不是说我的身高。

先说说这个“捞”字吧。正本清源一下。

很多外省来广州落脚谋生的人，一听本地人说他“捞”，或者说他们是“捞松”就火冒三丈！也有广东的年轻人一说起北方人（在我们大广东，过了韶关就算是北方了）就一脸不屑地叫人“捞松”。

捞，或者“捞松”，这词儿已经演化成广州人与外地人冲突的标签，导火线。一句“捞松”就开打开骂。

那么“捞松”这个词的来历是什么呢？我小时候也问过大人，记得不止一个大人是这样解答的。

他们说，大军（以前广州人都把解放军叫作大军）入广州后，很多士兵逛街都互相称呼“老兄”，甚至对着广州人也叫老兄。广州人就以为老兄是好朋友之间的称呼，于是见到大军就叫老兄，以示亲热和认同。而广州人又普遍说不好普通话，发音上就把老兄说成了“捞松”。那时“捞松”的确是亲热的称呼。

几十年过去了，一个源于友谊的词，现在变成友谊的“炸弹”了。这正应了当下那句流行语：友谊的小船说翻就翻。

为什么我自己会“几捞”呢？

我父母就是大军里的人，我出生证上有“八一”的徽章。我能没有这个基因吗？虽然父母都是广东人，我也在广州出生在广州长大，但我出生不久就离开了家庭，在托婴所、幼儿园都是全托，每周只能回家一天。那是个更加“捞”的环境：讲的是普通话，吃的至少一大半是面食。对于广州的一切，语言、口味、生活习性、人情世故，我都是在七岁以后才接受的。

我无比热爱和喜欢广州的一切，而对于北方的人和物，我有一种天生的认同感，不像有些自认正宗的广州人那么抗拒。

北京、西安、乌鲁木齐，我在年轻的时候就去过。行走在这些北方城市的街头，我没有丝毫的陌生感。相反，内心有一种回到精神故园的感觉。这个也许和幼儿园没关系，和教育、阅读有关。

我少年时读过的名著，国内的基本讲述的就是北方的生活场景，与广东有关的屈指可数——《三家巷》《苦斗》《香飘四季》，读得会背的也就这几本。绝大多数的书是北方人写北方的。作为一个纯广州人，见到北方的城市或者乡村，有一种亲切的感觉，这就不足为奇。

记得几十年前的一个夜晚，我和朋友一脚深一脚浅地走在北方农村刚刚收割完的麦田上，看到月亮高高地挂在天空，照着朦朦胧胧的大地。秋天的夜风远远地来了又走到远远的地方，一种故乡的感觉竟油然而生，就像现在我老了，重新走在越华路上的那种感觉，一样的。

从小学、中学到师范，只要与中文有关，授课老师说的都是普通话。这使我养成用普通话阅读，用普通话思考，用普通话写作的习惯。直到现在，我还没有能力完全用粤语来写作。我真係“几捞”。

我第一次接触用粤语写的文字，是在做电台夜间节目期间。当时，听众发来的短信中有用粤语写的，我看得很吃力。至于自己的写作中不时穿插几句粤语，那是离开电视台以后的事情了。顺便自黑一下，我在电视台每天用的解说词，都是用普通话写的，只是对着镜头用广州话来说。这是我的本事，明明眼睛看到的是普通话汉字，嘴巴讲出来的却是广州话音，即时自动转换也。如果文字是广州话字，咩咩咩、乜乜乜的，我反而没有本事对着镜头即刻用广州话说出来。

一位香港学者说过，用普通话阅读和思考，用粤语说话，思维和表达的工具不断自动转换，输入和输出不挤在同一个通道，这是广东人的一大文化优势。

比较尴尬的是，我不会用粤语做英语的口译，对着一班广东人，我也只能够用普通话做翻译。

广播电视的专业书，中文的、英文的我都有读，但是基础的那几本是英文的，以至于有些专业术语，我现在还不知道怎么用中文表达，更不要说用粤语表达了。

真的，我“几捞”，但我仍是个货真价实的广州人，内心深处无比热爱广州。但是“几捞”，只会给我加分，不会给我减分。远缘文化的基因造就了我。否则，我只是小半个陈sir，名副其实的小陈。

外江佬、四乡客

06.02
2022

在广州，几十年间，关于外地人的议论一直不断。有时候沉寂，有时候激烈。其实不但是广州，北京、上海两座特大城市也一样。只是我们身处广州，感觉强烈一些而已。

有意思的是，在广州人的口语中很少听到有人说“外地人”。或许外地人这个说法，本身就来自外地。对他们，广州人在改革开放初期说“外省人”，再早一些说“外江佬”或者“四乡人”。外江佬一般指外省人，而四乡人、四乡客则多指广州之外的广东人。

说到广州人对外地人的称谓，绕不过去的是一个“捞”字。毋庸讳言，现在把外省人说成是“捞松”，的确不敬，的确有冒犯的意思。尤其是一些年轻人，开口闭口就说人家“捞”，衣服看起来土是“好捞”，菜辣了也是“捞”，普通话被说成了“捞话”。原本并无贬义的“捞松”，变成了饱含着不屑和排斥意味的“捞佬”。

见多识广的城里人，丰衣足食的城里人，看不起甚至歧视乡下人，这种现象不但广州有，哪里都有。在大城市的本土人眼里，几乎所有的外地人在他们眼中都是乡下人，哪怕人家根本就是住在城市里的。

刚做《新闻日日睇》节目的时候，我做过一个《外江人》的专题，报道外来工在广州大城市里的拼搏经历和他们的不易。结果我被很多广州人骂得狗血淋头。后来我在天河北做了一个论坛，提出“新广州人主义”，也被一些广州人冷嘲热讽。

为什么？

可能当年骂我的人，现在已经搬到南海、顺德、番禺、清远、增城、佛冈去住了。他们也成了外地人了。那里的原住民会鄙视他们吗？

说到这里，插播一个小故事。几十年前的事情了。那时候，我们广东电台记者站和佛山电台在同一栋楼里，就是永安路97号，当地人把这里叫作广播站。那天下午，佛山电台一位女司机从车库倒车出来，不慎与一辆摩托车发生了小小碰撞，人没事。但开摩托车者大怒，不但粗口烂舌痛骂女司机，而且还激动地冲到驾驶室旁边，从窗口伸手要拔汽车钥匙，甚至还恶意触碰女司机的身体。我刚好路过，见此一幕就前去劝架。这下好了，那个开摩托车的人恼羞成怒，对我火力全开。正闹得不可开交之际，佛山电台的一位本地记者来了，怒怼那个开摩托车的人。没想到的一幕出现了，这个开摩托车的满脸堆笑，说：“佛山阿佬讲嘢（粤语，意为讲话或说话）才是正路，对唔住。乜嘢（粤语，意为什么）时候轮到你哋广州人在我们佛山地头指手画脚！”原来他从口音听出我是广州人。他不满的不是我劝架护住女司机，而是不服气我是广州人！

四乡人也讨厌广州人。最经典的评论是“广州亲戚，又食又拎”。哈哈。四乡人进城，在广州也是受够了白眼。南方大厦被称为卜佬大厦之说就是明证。改革开放春风之中，很多当年的卜佬变成了有钱佬，而很多的广州人依然很穷。风水轮流转。

城市乡村。大城小城。南方北方。捞佬老广。人来人往。剃人头者，人亦剃其头。

事实上，城乡对立，南北不同，看起来反差极大，但是问题实际上并非如此严重。哪怕就是我们这一代的老人，很多也是从小就在双语环境中长大，自己的小伙伴、街坊、同学都是既有纯粹的广州人，也有父辈才从北方或者四乡迁入的“外地人”。但是到了我们这一代，都成了本地人，成了广州人。

我的新广州人主义到底是个什么主义呢？就是我在节目中一直宣扬的——

同城而居，都是街坊。情义广州。正义广州。

虽然至今这些不乏理想主义色彩的想法只能够扣舷独啸，但我仍然坚持。多一个人认同，我们的广州就多一份凝聚力，多一份让人留恋的力量。文化背景的不同，生活习性的各异，于在广州同城而居、安身立命且对城市怀抱认同和热爱的人们而言，并非不可战胜。

无论是土生土长的广州原住民，还是外江人、四乡客，既然同居一城，我们就有理由一起合力重建这座城市的精神，我们就有理由让每个人在这座城市里面都活得舒心舒展。

每一个公园
至少都有一句粤曲
能让你梦回岭南

小林漫画

西关音还是香港音？

09.14
2017

东莞人讲什么话？东莞话。佛山人讲什么话？佛山话。顺德人讲什么话？顺德话。且慢，顺德不是佛山的吗？哈哈。先打住。广州人讲什么话？广州话。香港人讲什么话？香港话？有香港话吗？香港人说自已讲的是广东话。北方人也从来不说广州人讲的是广州话，都说广州人讲的是广东话。但是广州人讲的广东话和香港人讲的广东话区别还是很大的。

其实广东还有很多方言，主要有客家话、潮州话和广州（府）话。潮州人把广州人讲的话叫白话，客家人把广州人讲的话叫作本地话。其实本地话和本地话的区别也是很大的。以前，我下乡到花县，听到赤坭、炭步、花山、新华等地人们说的本地话，从语音到词汇的区别都非常明显。说回上文，顺德话和佛山话的区别也很大。所谓佛山话，就是以前说佛山街老佛山人说的话，不远处的石湾人讲的石湾话和佛山话的区别就已经很大。现在佛山行政区划面积扩大了，但是说佛山话的地方比现在的禅城区还要小。同属佛山的高明，讲的也是白话，但是我基本听不懂。同样是白话语系的台山话，我听起来更是像外语一样。

您看，外人眼中的广东话或者粤语，里头竟是这样的复杂。什么叫文化的多样性？这就是。万紫千红才是春。

那么问题也来了，广州话以什么音为准？也就是说，标准的广州音应该是什么？二十世纪八十年代初我进省电台的时候，老一辈告诉我，标准的广州音应该是西关音。（特别要说明的是，那时的省电台是广州音的有声字典，哪个字该发什么音，老百姓都说，听电台。）从七十年代末到八十年代末，可以说是香港电台覆盖广东的全盛时期。那时候，香港音和广州话标准音的暗战也是如火如荼。

当时，很多广州的青年人都在模仿香港口音，虽然模仿得不伦不类，但是香港口音成为“粤语”的潮流似乎已是势不可当。同时，省电台所坚持的广州音，让批评模仿香港口音的年轻人有了现实的参照。与此同时，“港台腔”也在主流媒体上受到激烈的批判。

不料，到了二十世纪八十年代中期，这本广州话标准音的有声字典居然被自己人烧掉了。随着播音腔遭受越来越激烈的批判，省电台广州话播音组解散了，广州话标准音的传播失去了最后的依托。各种调调和口音的主持人陆续坐到了广播话筒前，香港音成为他们最热衷模仿的口音。广州话标准音在暗战中一败涂地。尽管如此，现在广州地区的粤语广播里也很难听到标准的香港口音。

倒是难得香港有几位文化人在坚持不懈地推行粤语正音。他们比广州人还要固执。从我的观察来看，他们所坚持的正是西关音。现在行走在香港的街巷，还不难听到西关音。那是老一辈的香港人说话的口音，还是字正腔圆的。年轻人说的似乎是简版的粤语，发音更加轻巧随意，懒音很多。但是，行走在广州西关的大街小巷，西关音反而难以听到了。老西关差不多都迁出了吧。

强势的语言背后一定是强势的经济和文化。很久以前流行的是英式英语，香港人说的就是英式英语。后来美式英语在全球流行了，优雅的英式英语变成了老土。香港口音的粤语被广州的年轻人接受了，流行起来了，甚至有篇文章把港式粤语看作是代表新文明的粤语，暗示西关音的粤语会无可避免地衰落。如前所说，这个有趣的现象并不是语言本身的文野、优劣所致，而是语言背后的力量较量的结果。

不过，现在的广州后生仔女都不在乎自己讲的广州话是广州音还是香港音了。他们都喜欢以“普普通通”的话来交流，是那种没有平翘舌音之分，甚至没有前后鼻音之分的不南不北的话。青年人有他们自己的选择，包括选择自己使用的语言。

说实话，口音纯正的西关音我也讲不来，所以我说我的广州话只能够打75分。我认同传统广州话以西关音为标准，但一个人要改变自己的口音是很难的，比改变自己吃东西的口味还难。时至今日，西关音也好，香港音也好，会讲就好。

当然，粤语、普通话、英语，如果每个广州的青年人都能够学到，都能够说好，广州的明天会更好。其实这真的不是很难做到的事情。我寄希望于“00后”。

没有方向的船
怎么航行都是逆风

小林漫画

龙舟是用来唱的

05.19
2022

一年一度的端午节就要到了，很多本地媒体又开始犯一年一度的错误。把“扒龙船”说成了“扒龙舟”。

在粤语中，只能够说“扒龙船”，因为扒的是艇或者船。而龙舟则是特指流传于珠江三角洲一带的粤语特有的说唱艺术，演唱者辅以小锣小鼓连说带唱。现在只有顺德很少的地方还有人在唱。有兴趣的人可以去顺德的勒流、均安一带去寻觅。

粤语中的“龙舟”和普通话中的“龙舟”并不是一回事。普通话或者北方话中也没有“扒龙舟”这一说，标准的表达应该是“划龙舟”。

扒龙船，唱龙舟。不要再错下去了。

我们口语中的“龙船”实际上只是一条很长的艇，为什么叫作“龙船”呢？因为艇头有个龙头。之所以称为“龙船”而不是“龙艇”，只是隆而重之，对龙怀有敬畏之心。

在粤语中，小船叫作艇，大船才叫作船，比如说大火船。

儿歌中的“阿妈带我睇龙船”佐证了龙船之说。从来没有人唱“阿妈带我睇龙舟”。

普通话中没有龙船一说。在广东民间，人们敬畏天地、神佛，因此粤语中有很多的讳语。不说“龙艇”而说“龙船”，应该是其中的一例。

粤语中的“扒”（与粤语的“爬”同音）是划船的意思。粤语说“扒艇”“扒船”，就是划艇、划船的意思。但是有些媒体写成“爬龙舟”。四肢着地而行才是爬。龙舟是唱的，却被不知者演绎为爬，这真叫人啼笑皆非。

其实，广州的用普通话播出的媒体把“扒龙船”讲成“扒龙舟”甚至“爬龙舟”，是一件好事。在传媒行业中，越来越多的来自非广东地区的人走上编辑、记者、主持人之类的岗位，以及审稿、审片、签发的岗位，比本地人要多得多。他们不说“划龙舟”，而说“扒龙舟”，说明他们还是想要取悦广州乃至珠三角的本地人的。反过来说，地方文化的存在就是一种强大的力量。

每当有来自祖国各地的朋友用不大纯正、不太流利的粤语和我聊天时，我总是感到很高兴。我也喜欢用不太纯正、不太流利的“广普”和他们聊天。

让我揪心的是媒体中的那些粤语主播。他们照播“扒龙舟”，甚至不会说“邋遢”，而是看着稿子念“肮脏”。

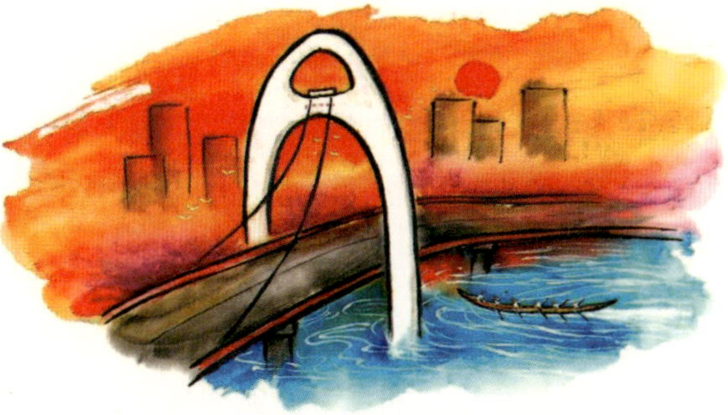

有了猎德的龙舟水
要什么外国古龙水

小林漫画

“官三民四”随想

02.04
2021

今天是年二十三了。北方叫作小年。广州人好像没有小年这一说法。

传说中，今天是灶王爷（广州人叫作灶君）上天向玉皇大帝禀报人间一年大小事情的日子。天庭命官，在人间辛苦一年，也不容易。所以广州人讲谢灶，多谢灶君一年辛苦，上天言好事，下界保平安。广州人晓得感恩。而祭灶一说，则是将灶王爷当神来祭拜。虽然灶王爷在诸神之中级别不算太高，但是管一家一年的口腹，也不可谓不重要。

谢灶必须有仪式感。与祭拜其他诸神一样，谢灶仪式中，也要烧香，不同的是祭品，人们会在灶台上摆放一块猪肉和一些片糖，据说这是为了腻住和甜住灶君的口，让他在天上不要透露半点家丑。所谓家丑不可外扬也。灶君一年到头“潜伏”在家中，什么家丑他不知道？

谢灶的日子也有讲究。在古代，广州这边有“官三民四”的说法，即今天官员先走先拜，明天则轮到老百姓行礼如仪。

我今天特意打听过，在谢灶的问题上，北方没有“官三民四”一说。我想，“官三民四”的习俗，表达了广州人对固有社会秩序的尊重。在秩序框架内努力改变自己的命运，是广州人的性格特质。这一点与北方人不一样。北方人比较热衷于打破框架另起炉灶。

有人说，连灶王爷都要用猪肉、片糖来收买，可见行贿之风古已有之。此言差矣。其一，猪肉要肥的，肥就腻，吃了不好说话；片糖吧，其实不正宗，正宗的是要用麦芽糖，只是现在不像过去有人穿街过巷卖麦芽糖，所以只能用片糖顶档。大家都知道，麦芽糖很黏口，与其说是行贿，不如说是直接封口。其二，就算行贿的话，一块五花肉、一块片糖案值太低了吧？仅仅是黎民百姓对灶君聊表寸心而已，不值一提。

细品民俗、民风，就好像用两条棍子不断绞拧一块麦芽糖，好有玩味的乐趣。千万不要简单粗暴地斥之为“封建迷信”。

先敬罗衣后敬人？

05.23
2019

广州人的衣着标配是T恤、牛仔裤、波鞋，男男女女都如此，老老少少都如此。这固然跟广州是座亚热带城市有关，但是仔细想想，事情还不是那么简单。

其实，无论是T恤还是波鞋、牛仔裤，都不是广州的传统服装。

我小的时候，天热穿的是背心。当然，背心只能够在家里穿，去上学时穿短袖外衣，里面也必须穿背心，否则会被人耻笑为"真空"。"真空"是极不礼貌的事情。那时候，没有电风扇，更没有空调，唯一的降温工具是大葵扇。记忆中，大人在家里穿的叫作"文化衫"，样子和T恤差不多，但是比现在的T恤要薄，都是白色的。穿文化衫出街的，大多数是大叔，他们会被人歧视。文化衫和T恤的区别，在于有短袖还是没短袖，材料其实都是一样的。

现在的T恤五彩斑斓，有的有字，有的没字；有的有图案，有的没图案。每个人穿在身上，都是个性的宣言。

大家都穿T恤，大家都穿不一样的T恤。和而不同。想要了解广州人的性格吗？仔细观察他们穿的T恤，这是个很好的切入点。

T恤是从文化衫演变过来的吗？我看不是，绝对是外来的。没有必要把什么东西都揽到祖先的身上。

说起牛仔裤，二十世纪六十年代穿牛仔裤却被认为是大逆不道。那时，穿海外流行的窄脚牛仔裤被视为腐朽的资产阶级生活方式，谁穿着在街巷里走，就会被红卫兵拿剪刀“咔咔咔”——三下五除二剪烂裤脚无商量。顺便通告一声，在广东人民广播电台，我是第一个穿牛仔裤的人。那时是1981年了，但我还是因此受到了严厉的批评。可我照穿不误。

穿过时代的烟云，牛仔裤终于成为广州人的衣着标配之一。我们不由得感慨时间的力量。时至今日，人人都穿牛仔裤，再也没有人去考究牛仔裤究竟是源于东方还是西方，也没有人去操心牛仔裤是无产阶级还是资产阶级的生活方式了。

再说波鞋。我穿的第一双波鞋是香港亲戚送的，当时值一千多港元。记得第一次穿上的时候，觉得太神奇了，世界上竟然有这么舒服的鞋！走起路来脚底生风啊。

那么T恤、牛仔裤、波鞋三件头为什么会成为广州人的衣着标配呢？我觉得这个和广州人的生活追求有关：第一是舒服，第二是舒服，第三还是舒服。那么以追求舒服为目标的生活哲学是什么呢？

自在。

广州就是这样一座城市：你穿件三万块的衣服在街上走赚不了多少回头率，你穿件38块钱的衣服进餐馆没有人会看不起你（珠江新城是不是这样我不敢说）。穿衣不为体面，穿衣不为虚荣，这是一种高质量生活的境界：既不活在别人的眼里，也不活在别人的嘴里。我穿我衣，我行我素。

先敬罗衣后敬人这一套在广州是绝对行不通的。来的都是客，招呼都是笑眯眯一句话：老细，有乜帮到你啊？

小姐、少爷、奶奶、老爷、老板、老趁

04.19
2023

风狂雨骤雷声轰响，醒了，起床和大家吹水。

有人标榜自己是西关小姐。呵呵。如果你真的是西关小姐，花枝招展，抛头露面，搔首弄姿，细声讲大声笑，只有狂浪没有矜持，你对得住“小姐”这身娇肉贵的两个字吗？

我们小时候，大人斥责小孩四体不勤说的就是“十足大小姐”！有道是“姐姐手”，说的就是这个。现在有些广州女性将西关小姐当成人生的标签甚至标杆，不得不感叹：三十年河东，三十年河西。

广州的男人倒是老实，很少有人把做少爷当作自己人生的目标。不知所谓地标榜自己是少爷的，只有小猫三两只。我们小时候如果有人说自己“成个大少爷噉”，那可不是称赞的话，只是说你懒，说你没本事。

小姐、少爷本是有钱的大户人家的孩子。如果不是家道中落，一直富贵，到了老年就成了老爷和奶奶。这个“奶奶”可不是普通话中的奶奶，而是对中老年妇人的尊称。现在还有广州人将自己的家公、家婆叫老爷、奶奶的。

花园大屋，仆人成群，饭来张口，衣来伸手，应该是小姐、少爷的标配。如果没有这个，说自己是小姐、少爷的只是妄称。开着十几二十万的车上班要抢停车位，一年到头“996”的社畜还说自己是西关小姐，真的是要掌自己的嘴。

当然，自己称自己是什么完全是没有问题的。轻描淡写便是，不用认真。

回想起来很有意思。改革开放初期，人们多不互称同志了，改称小姐、先生，但是没有称“少爷”的。对男的不论老少都称先生。换言之，少爷这个称谓已经消亡了，但还剩下一条尾巴，叫人“乜少乜少”。比如姓王就叫王少；或者名字中有个什么字就用来做前缀，比如名字当中有个牛字，就叫牛少，有个龙字就叫龙少。而小姐这个称谓，也因为某些行业的沉渣泛起被一度逐出，代之为姐姐、小姐姐、靓姐、小靓姐。有趣的是，广州人以前叫中年妇女为大姐，现在大姐这个称谓也消亡了。有人叫靓姨，但这是有风险的，你边只眼见到阿姨啊?！所以，哪怕是对老太婆，女性一律称之为靓姐比较保险。当然，对伯爷婆不能叫小姐姐或者小靓姐。

在全民经商、大排档遍地的时代，老板是一个万应万灵的称呼。大排档的老板对着食客，无论对方是贩夫走卒还是拿大哥大开豪车的，一律都称老板。这倒有一点天下一家均富平权的感觉了。来的都是客，全凭嘴一张，相逢开口笑，过后不思量。那真是一个很好的时代。

吃完消夜，回到蜗居，做个好梦，明天继续打拼。良言一句三冬暖，这话是真的。良言，从对人的称呼开始。

广州话中的“称呼”，有招呼敬重的意思。所谓“称呼人少，得罪人多”当中的“称呼”，就是这个意思。由此可见“称呼”的重要性。人家叫你老板你不一定是老板，但是听到这样的称呼，还是会有一个暖心的瞬间。

后来，老板也贬值了。凶的不是老板，而是打工的。不是有这样一个笑话吗：本店招聘老板。所以现在逢人称“老板”的风气也消失了。

老板不是人人可当，就算当了也不一定快乐。但是更不快乐的是做老趑——被人欺骗的人。

老趑不用资格，人人可当，估计人人都当过老趑。

与那个鄙视小姐、少爷的年代相比，现在人们的生活好了，都想发达，但是又往往事与愿违，于是揾人做“老趑”的现象就层出不穷了。揾人笨，不一定能够快速致富，但是可以令自己快速地获得利益。揾人笨的人太多，于是就人人都有机会做“老趑”了。不同的只是损失的大小。

标签实际上是一种身份认同。也冇田也冇地也冇荔枝基也冇番薯地，也冇大屋也冇成山竹，穷人一个，却夹硬（粤语，意为强行做某事）要埋富豪堆，人家同唔同你玩呢？别人不尴尬，尴尬的就是自己了。

不做小姐、少爷，不做奶奶、老爷，不做老板、老趑，不往自己身上贴属于别人的标签。

我就是我，是不一样的烟火。这样比较正路。

再无阿牛与虾仔

08.20
2020

我是个特别不幸的人，人生中有很多的缺角。如果人生真是一个圆的话，我的人生几乎就是一个标准圆切出的边角碎料。

首先，作为一个男人，我不够高大威猛。我曾经去北方出差，听到有人在背后议论："广东人怎么这么矮？在我们这里，一米七的都算三级残废。"我就只好算等外品了。记得我因第一次出国而去做体检的时候，市一院的医生说："你怎么这么矮？我给你多写两厘米吧，不要给中国人丢脸。"我心想：去欧洲，想不给中国丢脸，你要多写二十厘米才行。

矮就算了，我还丑。我一直在被告知长得很丑。在电台的时候，很多人，尤其是女同事，都说我很丑。于是，我就相信我长得很丑了。在长达几十年的时间里，我一直就觉得自己长得很丑，绝不反驳。因为外形又矮又丑，所以我心中也就明白了一点，必须发奋才有出路。

但是，就算是已经定型了，事情居然还会有转机。我做电视的时候，居然有那么多人，不管是认识的同事，还是不认识的街坊，都异口同声地说我“靓仔”。那时我已经五十岁了。我不相信我一上镜就变成型仔了，一定是大家喜欢看我的节目所以恭维我，我不以为意，还是坚持自我感觉：长得很丑。

年过花甲之后，我逐渐对自己的过去发生了兴趣，时不时翻看旧照片，于是发现自己被骗了。其实，我后生的时候也不能算丑，不是不堪入目的那一种长相。关于我长得很丑的结论，是别人告诉我的。讲得多了，印象就固定、强化了。毕竟我自己看不见自己，自己的形象只能够活在别人的嘴巴里。

回头再看自己做过的电视节目，我对自己的荧幕形象的评价是很低的。哪怕是五十岁了，跟现在比很年轻，但是老了就是老了，老了就不能不修边幅。可能在个人形象方面，我真的有些破罐子破摔，反正就这么丑了，怎么打扮也好不到哪去。这真是一个无可挽回的错误。不过，这也怪电视台的化妆师，试妆的时候，她费尽心机地涂抹了一个多小时，最后把笔一扔，说：“长成这个样子，化不化妆都一样了！”于是，我就成了广州电视台空前绝后的不化妆就上镜的主持人。

随着时光的流逝，我们对一些事情的看法会有变化，包括对自己个人形象的判断。

活在别人的口里和活在自己的眼里的距离，可以很大很大。别人的评价，也是此一时彼一时，此一人彼一人。喜欢你的人说你靓仔，不喜欢你的人说你长得丑。中和一下，就是我长得太普通，就是茫茫人海之中不会引来一次回头，也不会引起反感的那种。这是我此时对自己长相的判断。不知道和事实有没有出入，毕竟我看不到自己。

幸好，我现在做的是“一个人的电台”，不是“一个人的电视台”，我长得怎么样，已经没有关系了。

现在很多人发朋友圈之前，不美化一下自己的照片是不敢发的。哪怕正值青春年少，也要美化一下：磨皮，把人皮磨成塑料皮；亮眼，把小眼睛变成龙眼；拉长一下自己的下巴，变成锥子脸，下巴真的要尖得像锥子一样；还有大长腿，人腿在身高的占比超过百分之七十。

人的长相，本来有三个：一个真实的，一个镜子里头的，一个别人口中的。现在又多了一个：自己美化出来的。

真实的长相，自己是永远看不到的。镜子里的，是变形的，不是说卖衣服的店铺里的穿衣镜会把人显得瘦一点吗？别人口中的，则是因人而异的。自己美化出来的，是自己骗自己的。不知道我这样说对不对？会不会太得罪人了？

每当看到朋友圈中那些把自己美化到鬼五马六的照片，我就担心，长此以往，他们会不会自己把自己骗了？假如能够看到真实的自己，他们会不会对自己的样子失望透顶？

或许是我杞人忧天。对于自己的长相，也许大家都心中有数，美化一些照片，可以说是一种指尖上的游戏，一种心理安慰，一种手机上的化妆。回到现实，自己该怎么样夹着尾巴做人，大家都心中有数。如果真是这样就好了。

相貌只是小事，反正长得帅、长得漂亮不是自己的功劳，长得丑也不是自己的过错，都是父母给的。但是自我判断却真的是很重要，这是我们为人处世的出发点。

我做过很多活动的评委，见过各种各样的参赛者或者投考者，最值得拿出来讲的就是青年人自我判断的问题。

几乎所有的大赛报名或者入职面试都有这个问题："你有什么专长？"而几乎所有回答这个问题的青年人都会露出根本没有专长的马脚。有的说自己的专长是写作，却讲不出几个著名作家的名字；再看他们的简历，就是简简单单的一个表格，有语法的问题，有错别字的问题。有的说，自己的专长是跳舞，当场做几个动作，却是幼儿园的水平。有的说自己专长是唱歌的，一句一个调，走音走到太平洋。有的说自己专长是朗诵的，一开口却是鬼哭狼嚎。

这里也许牵涉到几个原因。第一，不愿意面对自己没有专长的现实。我面试过的人怎么说也有几百个，但从来没有遇到过一个人老老实实地说自己没有什么专长。人没有什么专长不是很普遍的事情吗？第二，他们真的认为自己有某方面的专长。他们在描述或者表演自己"专长"的时候，根本没有意识到自己在出丑。

很多人对生活不满，感到怀才不遇。没有才的人有什么资格怀才不遇？长相可以美化出来，才能不能美化出来。

有一句话叫作"人贵有自知之明"。自己知道自己几斤几两，是一种明智，也是一种明白。所谓贵，就是难得。潮流已经不兴讲自知了。现在的潮流兴讲自信。

老一辈的广州人怕自己的儿女养不大，有很多的讲究。比如说，对着胖嘟嘟的婴儿绝不当面称赞好肥啊，好“得戚”啊，必须说“抵打”。有的父母还要给自己的儿女起个很贱的小名，比如说虾仔、阿牛等。对于父母来说，虽然望子成龙、望女成凤，但是其实儿女快高长大、健健康康才是最大的期望。总是挂在父母口上的小名，也是在天天提醒自己的儿女：你只是凡人一个。

不知道心理学家有没有做过调查，有细虾、阿牛之类小名的人的心理素质会不会更加强大、更加容易逃避怀才不遇的陷阱？年轻的时候，我就是那个掉下了怀才不遇的陷阱的人。

靓就是靓，丑就是丑，有才就是有才，没才就是没才。相貌平平、普普通通是绝大多数人的状态，如果自我判断真是卓尔不凡，那一定要有充足的证据，展示阁下真的是个可以鹤立鸡群的人物。

都说年轻人好高骛远。年轻人心存高远无可厚非，但是必须知道高有多高，远有多远。麻雀永远飞不到老鹰那样的高度，老鹰也飞不了禾花雀绕飞大半个地球的距离。

最可悲的事实是，现在的孩子们大多数是在大人的称赞和恭维的声音中长大的。明明就是相貌平平，明明就是好不出众，但是父母也好亲戚朋友也好，总是赞不绝口。从婴儿一直赞到上高中、大学。广州再无虾仔、阿牛。孩子长大后自我判断出错，无法面对自己的弱点和弱项，以至于无法面对职场和生活，祸根是大人种下的。

我很感谢当年不断说我丑的同事。我也感谢因为爱我而说我靓仔的人。感谢他们为我的人生导航。

无人注视也要努力成长
最紧要的关注
往往藏在你无法察觉的地方

世事烦纷一杯茶

08.15
2019

强行按下心情，继续说茶。希望茶可以让我的心情得到一点点平复。

我真是有资格说茶的，因为喝了半世纪的茶，而且喝茶这方面还有家传——从小就喝工夫茶。不过资历绝不等于能力，至今我还不懂品茶。茶太深奥，正如生活。

我只知道四点：

一、价格的高低与茶的品质无关。并非越贵越好。太便宜的茶，比如部分茶楼饭馆以茶位之名卖出来的茶一定是劣质的。

二、喝茶要听从自己内心的呼唤。绝不可以人云亦云。别人说好的自己感觉不一定好。

三、茶的品类品种牌子要交替着喝。再好的茶，天天喝，杯杯喝，一成不变，喝越多体验越差。世界上唯一不变的就是变化。这个原则同样适用于喝茶品茶。味觉会疲劳。

四、茶宜众饮独品。以茶会友，故须在同饮中分享生活的体验和刷话题的快乐。但是在兴高采烈的聊天中，茶只能解渴润喉，只是兴致的背景，茶味基本是荡然无存的。真要喝出味道，一定要独品。寻找茶的真味，倾听自己内心的声音。其实，茶和音乐一样，根本无法与别人分享。

说完喝茶的情景再说茶杯。喝了半个世纪的茶，我发觉茶杯越来越大了。

小时候，父亲每天喝茶的茶杯是很小的，当然茶壶也很小，比一个拳头还要小。茶杯大概只比拇指大一点。白如玉，薄如纸，声如磬，这是最高的标准。当时并不难找到这样的工夫茶杯。

半个世纪过去，这样的茶杯竟然成为难寻之物。人们喝茶的茶杯越来越大，越来越厚，已经成为天经地义的事情了。我现在喝茶的茶杯也挺大的，相比于童年。

记得小时候问父亲，为什么茶杯这么小？他说，小杯是品茶，大杯是喝茶，再大的杯子是牛饮。

我记忆中喝茶最大的杯子是雀巢咖啡的大瓶子。在北上的火车上，几乎每个北方汉子都有这样一个大玻璃瓶，里面泡着大半杯茶叶。记得火车上有一位大叔告诉我，他就这样一泡茶从广州喝到青海。

中国文字有讲究，品、饮、啜、呷，说的是一回事，但又不是一回事。若要品，当然不能一扬脖子就灌。品工夫茶，当然只能够呷，不能饮，也不能喝。也有方言把喝茶叫作吃茶食茶的，据说要把茶叶也吃下去，不过，光喝茶汤也叫吃。

也有人把茶仅仅看作是待客之道。有客人来，泡茶，没客人来自己就喝白开水。记得我下乡的时候，当地客家人说茶总说大茶细茶。我开始不懂，后来才知道，平时家里人喝用一种树叶（至今我不知是什么树的叶子，龙眼树？枇杷树？）泡的茶，有客人来才拿出我们所说的茶叶来待客。客家人待客之热情，由此可见一斑。

杯子小得只有拇指大，那么喝一轮就要洗一轮杯子，上一次茶，很是麻烦。这是不是杯子不断变大的原因呢？估计是的。

世界上凡是要去品的东西，都是很麻烦的。咖啡机很先进，偏偏有人玩手磨手冲；抽卷烟最方便，有人就爱抽烟斗；数码相机很方便，手机拍照更方便，有人偏要玩胶片机；出去吃一顿很简单，有人偏偏要玩私厨。品，就是把过程的时间线拉长，让心沉静下来，享受整个独一无二的气场，享受所有的气息和信息。品，是一个世界与另一个世界的离间，是心灵和心绪的假期。

人常常想离开自己熟悉的一切到别人的一切中去流连，这叫旅游。品，是心灵的旅游。

大杯喝茶，要的是效率和快意，与品无关。犹如跑马观花并非旅游。喝水，还是喝水带出的茶味？这是个问题。

俗话说，树欲静而风不止。今天实在不是静的时候。欲静难静。

世事烦纷一杯茶，冰心一片在玉壶。

岁月静好近乎奢侈，唯望祖国人人平安。

如果你烦燥焦虑
这不是抑郁
你只需要一碗凉茶

昨夜，我偶遇了过去

02.24
2021

昨天下午，我和几个朋友去荣哥店铺配眼镜。人多，荣哥做事情又仔细耐心，众人都验完光，挑选好镜架，已经是华灯初上了。从惠福东一路步行，走过大半条起义路，去中旅商业城三楼吃晚饭。

宽阔的起义路是广州河北老城的南北干道，道路两旁没有什么商铺，除了一些卖旗帜的小店。从北向南一路走，过了大南路口，基本就没有什么商业气氛了。有点气氛的是海珠广场到大南路口那短短的一段。哪怕只是晚上七点几，从惠福东到中山五路，这一段路上的行人都非常稀少。

在我小时候的记忆中起义路叫作维新路。随着时光的流逝，维新路这个路名已经被淡忘，我也随大流，叫起义路叫了几十年。

我们食罢晚饭，就地饮茶吹水，直到饭店服务员催走，已经几近午夜时分了。零时，我们一行走回去惠福东拿车。一路已经不见行人，只有我们几个。可能大家都急着回家，行走的脚步有点快，我是一行人当中最老的老人家了，腿脚又不是太灵便，落在了后面。

一路上，人行道上铺满了落叶。风一吹过，落叶带着沙沙声在路上卷着走着，在寂静的路上，颇有几分秋风愁煞的感觉。广州和北方不一样，春天才是落叶的季节。

我在起义路上的教师进修学院度过了人生最平静美好的三个学期，从1979年的9月到1981年的3月。

那时候，不堪回首的十年已经结束，父母已经“解放”，恢复了工作和职位。我自己也结束了五年的农村生活，连人带户口回到了亲爱的广州。

1981年的广州是平静的。那时候，青年人当中有两股潮流，一股是和整个中国一样，为中华崛起而读书，到处都是读书学习的年轻人。在正规大学的独木桥上摔下来的，就读夜大、电大、各种补习班。三十几岁四十几岁甚至五十几岁，都一把年纪了，上各种补习班当然不是为了升学，而是为了创造人生的希望。希望获取知识的力量，也是为了补偿自己无辜失去的受教育的权利。我们都是在校失学的一代。另一股潮流就是出去。在“运动”中家庭受到不公正对待的，受海外亲人召唤的，有机会走的，很多都走了。彼时的广州，也是一个离别的广州。一声“嗨”，一声“拜”，是道不尽的离愁别绪。

我在教师进修学院教务处的工作很清闲。同一个办公室的几个同事都是阅尽千帆的老教师，有学问，为人友善，把我当小朋友看。我的工作就是在开学时给新同学名单造册，考试的时候登记学员的成绩，学员毕业时在他们的毕业证上盖个钢印。

这样的时光最适合读书。北京路新华书店有新书对上自己的口味，是最让我心动的事情。这样的时光，才可以读《简·爱》《傲慢与偏见》《呼啸山庄》……一本一本，从容不迫地读，从头到尾地读，甚至反反复复地读。

那时候，我在生活上也没有什么经济压力。工资好像是四十多元，在学院的夜校打工，每月多二十五元收入，加上星期天帮老师刻讲义蜡版，一个月又多三十元左右的收入。二十五岁的毛头小子，月入与一个十七级干部差不多了，还想怎么样？那时候不用供楼供车，医疗费用也不用自己负担，好像我一年到头也没灾没病的。读书只是为了兴趣爱好，不是为了工作职业。这样平静而滋润的日子，如果一直延续到退休，那该多好！

但骨子里不甘平庸的我做出了一件改变自己人生走向的事情——报考电台。问题在于，成了。于是告别了平静与美好，走上了一条铺满荆棘的路。一走这条路就是几十年，直到退休。若说后悔，这是我最后悔的事情。

现在二三十岁的青年，都不理解平静与美好的价值。你一回忆，他就表现出不屑。因为他们一出生就被绑上升学、升官、发财的战车。竞争和拼搏、成败与荣辱就是他们人生的一切。也许他们从来都没有平静与美好的人生体验。从这个角度看，我无限感激起义路带给我的岁月。短短三个学期，让我的人生中有了对“岁月静好”的真切的体验。

起义路给我的美好，还有很多很多，在岁月中被封存成了琥珀。

昨天的广州白天很热，气温蹿到三十摄氏度。凌晨时分，我穿着一件薄的短袖T恤，却觉几分微凉。昨夜我与过去不期而遇，起义路似乎一切都没有变。只是多了几座高楼，光猛了一些，路边的一栋栋小楼被打扮得妖里妖气了一些。凌晨灯光熄灭，所有的改变都隐到了暗影之中，就像我对岁月的感伤。

我也没有什么改变，只是年岁从二十五变成了六十七。不知道我们的“村民”当中，有没有人当年在广州第一间外语夜校——广州教师进修学院的外语夜校上过学？还记不记得华灯初上时分在大门口查验学生证的那个后生仔呢？你们下了课，我还要一层一层地爬楼梯，一间一间课室熄灯、关门。

回憶里的末班車開過老街的夜闌珊
丁酉
小冬林

广州何须射太阳

12.11
2016

后羿射日的故事大家都熟悉。原本天上有十个太阳（这也太厉害了），禾苗焦死，民不聊生。一个叫后羿的神射手于是张弓射下来了九个太阳，就留下一个让它照耀万物生长。今天借这个故事用一下。

以前广州是一个太阳，是中国新生活方式的太阳。人人都在埋头赚钱——至少给人的印象是这样，叹早茶，吃生猛海鲜，吃夜宵，不夜天。基本不酗酒，平日人与人之间也不喜争辩，更不爱打架。人们的穿着很时髦，还有很生猛的流行音乐。广州是一个自在的城市，一个人与人之间相互给面子的城市。哪怕是对一个搬运工，大排档的伙计也会热情地称呼一句：“老板！”

那时的广州是一个令人羡慕的城市。

那是二十世纪八九十年代的广州。那时候，时装的式样，广州比“内地”要早流行三个月到半年，而流行歌曲，广州也比内地要早流行四个月到半年。1996年我到西安出差，宾馆大红横额上热情万分地写道：热烈欢迎台湾同胞、港澳同胞和广州同胞。当时我大吃一惊。再早的二十世纪八十年代去北京出差，理发店的师傅围着我问："您真的是广州来的吗？普通话怎么说得这么好？"我说："我真的是从广州来的。"大伙儿问："那您会唱霍元甲吗？如果你用粤语唱，我们给您理发不收一分钱。"为了证实我的广州人身份，我真的用粤语完整地唱完了："昏睡百年，国人渐已醒……"理完发，他们说什么也不收我一分钱。

这时光已经一去不复返了。广州在一些唱衰者的口水中沉浮。关于中国第三城的争论此起彼伏。第三不就是我们亲爱的广州吗？第一、第二分别是北京、上海。我们广州只不过是季军啊。广州的季军地位就这样一直被人惦记着。还有谁是候补第三呢？有人说是天津，有人说是杭州，有人说是深圳。也许还有我不知道的。对于这一类的消息我从来不敏感。

哪怕现在广州的老三地位受到"威胁"，广州的生活方式也依然令人羡慕，令人向往。而广州的生活方式是完全可以复制的。广州的生活方式并不完全源于本土的古典，还源于五湖四海的当代。

广州的生活方式是广州最大的城市竞争力。

老三的位置受到非议甚至挑战，自可随他去。淡定和务实是广州最重要的城市性格，也是广州生活方式的依据。现在我们要面对的问题不是怎样保住季军这个伪命题，而是未来怎么样发展。

广州不再像三十年前那样可享尊荣。现在，众城崛起，如天上有十个太阳。以广州一城之力，有能力去射它们吗？更重要的问题是：广州有这个必要去射“九日”吗？

不管广州怎样选择未来的方向，依我看来，坚守广州生活方式是第一位的。不是明、清、民国时期的广州生活方式，而是当代的广州生活方式：开明、开放、宽容，拒绝浮夸和保守，鼓励创新和创造，鼓励与先进的人类文明交流和沟通。广州依然有天地人之间的那一份自在，依然有那份人与人之间的和善礼貌。人们不争不吵，不出头，不吃亏，埋头苦干就好。百姓的日子好过就好，精英的日子好过就好。

上天把广州放在了北纬二十三度线上，风调雨顺，气候温和，有用意有禅机。天时地利，上天已经为广州做了可以做的一切，只要人和（就是市民的日子过得好），广州就会成为中国大城市中的天堂城市，广州的生活方式依然可以成为当代中国新生活方式的“太阳”。

广州的模样

07.23
2023

着拖鞋、短裤的广州。

西装革履的广州。

小蛮腰高耸入云、五羊石雕寂寞的广州。

小孩子开始不愿意讲粤语的广州。

永庆坊、荔枝湾的广州。

永庆坊后面的广州。

同福路的广州。

琶洲会展中心的广州。

北京路的广州。

花城广场的广州。

南沙的广州。

芳村的广州。

……

广州有一万副面孔，哪一副面孔都不是完整的广州，哪一副面孔都不是完美的广州。所有的面孔合成起来，才是一个完整的广州。这种观察和思维的方式，对于一些人来说，很难。

不知道谁最先说的“广州是一座包容的城市”，于是大家都鹦鹉学舌，一路说下来了，一说就是几十年。外来人在广州成功了，称赞广州是一座包容的城市，给自己安身立命；本地人自嗨，也说自己出生的城市是一座包容的城市。

包容是一种气度，是强者对弱者的态度，是土著对外来者的态度，是大多数人对少部分人的态度，是主流对支流的态度，是主体对客体的态度。如此说来，广州，或者说如今的广州，还有什么资格和必要去说自己包容？时光倒流三十年，倒是有这个资格。

弱者有什么资格去包容强者？少数人有什么能力去包容多数人？支流有什么容量去包容主流？如此类推。

有很多副面孔的广州，说不清道不楚的广州，正好点中了一个关于这座城市的未来的一个重要命题：广州是一座包容的城市，还是一座多样化的城市？

关于包容，有一种想象是一个巨大的陷阱。本地人以为自己对外来人的“包容”就是把人家收编，来了就必须说你的话、吃你的菜、干你的活儿；外来人则以为人家对自己包容了就意味着可以肆无忌惮、为所欲为。任何人只要掉进了这个陷阱，就一定会在里头互咬而不得脱身。

人们——不管是土著还是新来者——喜欢广州，热爱广州，根本不是包容不包容的原因，而是活在广州，自在。

自在是什么？就是生活在这个城市里的人们可以各适其

适，就是这个城市的多样化特质：多样化的面孔，多样化的环境，多样化的审美，多样化的生活方式。无论是谁，都可以很容易在广州找到适合自己生存的那一个角落。

广州这种多样化的特质是怎么形成的呢？有一句很诗意的话可以解释：面朝大海，春暖花开。历史的脚印会在这里停留，八面来风可以给广州带来无穷无尽的新精彩。可以从这里出发，也可以把这里当作归宿。广州不但是南风窗，而且是北风窗。

与其说广州是包容的，还不如说广州是最善于“拿来”的城市。与中原相比，古时候的广州几乎就没有什么原生的文化，所以被称为“南蛮”，一点都不冤枉；现代的广州汇聚天下精华，从而形成了自己多样化的城市特质，成了最适合生活的城市。正因为弱小才没有能力排外，正因为不排外且要奋起，所以才把外来文化——市外、省外、国外的好东西全都拿过来，形成自己独一无二的强大。

土著广州人引以为豪的骑楼和满洲窗并不是源于广州，更不是什么广州文化，这个符号是拿过来的，是抄过来的，但是一点都不妨碍我们去修复或凭吊。广东音乐够土产了吧？其乐队编制当中却有大提琴和色士风（萨克斯），甚至小号和黑管等西洋乐器。粤菜本忌辛辣喜清淡，随着外来人口的剧增，如今广州人蒸鱼也放几个辣椒圈，甚至水煮鱼之类的菜式也在本地人中大行其道。反正东西好就行，好的就拿过来，这才是广州，这才是多样化的广州。

有人在哀叹广州衰落了，标准是地方生产总值和城市竞争力排名。但是土著广州人并不是很在乎。在我看来，广州衰落与否的标志只有一个，是更加多样化了，还是归于一统。这要看城市面貌、街巷肌理、穿着打扮、审美标准、建筑样式、思维方式、行为方式等。

有很多很多不一样的模样，才是广州的模样。广州的一切都不是最好的，而且永远不会有最好。能一直多样、一直自在、一直各适其适，就很好。

如果说，我对广州还有什么忧虑的话，就是广州的多样化特质会不会在时代的洪流中逐渐消失。兼收并蓄是广州的生命力所在，多样化只是结果。

我与春风皆过客，你携秋水揽星河。秋水就是眼眸，把星河尽揽眼中。眼界尽可能开阔，眼光尽可能长远，心胸尽可能开阔，拿来得更加果断坚定，未来的广州才有希望。

广州衰落了吗？

08.17
2023

如果放在四十年前，谁也不会想象得到，“广州的衰落”竟然会成为一个话题。四十年前，除了广州和珠江三角洲的一小片地方，广东其他地方还是很穷，没有什么个人发展的机会。那时候的深圳，还只是一片很大很大的工地。

那时候，讲粤语、唱粤语流行歌曲是一种时尚，也是一种本事。到广州来打工，是一种希望，也是一种力量。至于本土的广州人，有点飘飘然也属正常。谁让我们正好在广州这片热土上土生土长呢？

如果只是关起门来讨论广州是否衰落了，我们有很多话可以好好说。但是，这个广州“衰落论”四处散播，或许正在伤害广州，所以必须反驳。

在四十年后，广州不再一枝独秀，背景正是祖国大地百花齐放。百花丛中的这一枝花还在怒放，一花引来万花开。我要为这个春天歌唱。

四十年前，来自祖国东南西北的寻梦者在人头涌动的广州火车站广场茫然四顾，他们不知道要去的是越秀、荔湾、东山还是海珠，而大多数人最终选择的是城市边缘的白云。那时的广州城区很小很小很小。现在，一个广州已经蜕变成“四个广州”：历史的广州在越秀、荔湾老城区，现代的广州在珠江新城，海的广州在南沙，山的广州在增城……现在广州发展格局更大，城市面貌更加丰富多彩。明明是朝气蓬勃，何来衰落一说？

在城市排名和数字排位上，城市之间你追我赶是好事，领先的不一定永远领先，落后的也不会永远落后。作为广州人，我们一定会为广州的领先而感到自豪；作为中国人，无论哪个城市跑在全国前头，我们都会由衷地感到高兴。北上广深还是北上深广，真的不是那么重要。重要的是无论哪个城市，都必须踏着历史的波涛前进。

今天的广州，政务更加公开，更加在乎民意。市民办事方便了，行政官员面对百姓有笑容，也公正。这是最重要的社会进步。这样的进步在全国有目共睹，这样的进步不会发生在衰落的时刻。

广州并不是一座尽善尽美的城市，但是一个已经拉开了发展格局的城市，具备了各适其适的条件。各适其适，正是一个城市最大的发展优势。穷的富的，有文化的没文化的，工农士商学，都可以在广州找到适合自己生存和发展的那一片土壤。这样的城市就像一个发育良好、营养充足的人，无论做什么都未来可期。脚太大的人不一定走得快、走得远。

广州和其他的大城市一样，正在经历着揾食艰难的时刻。值得庆幸的是，在这个时刻到来之前，我们已经拉开了格局，重新出发。历史不会给广州再造一个珠江新城的机会，珠江新城已经建好了。历史也不会给广州改造旧城区的机会，千年商都成为幸存者。历史的广州，现代的广州，山的广州，海的广州，一切都恰到好处，这是广州的幸运。

广州就像一艘巨大的帆船，有风的时候，我们乘风破浪；风静的时分，我们静待扬帆。衰落？没有的事！

让城市留住记忆

让人们记住乡愁